Sweet Sound
蜜音

深蓝 著

北京燕山出版社

图书在版编目（CIP）数据

蜜音 / 深蓝著. -- 北京：北京燕山出版社,2012.4
ISBN 978-7-5402-2800-2

Ⅰ.①蜜… Ⅱ.①深… Ⅲ.①长篇小说-中国-当代 Ⅳ.①I247.5

中国版本图书馆CIP数据核字(2012)第063876号

蜜音

作　　者	深蓝
责任编辑	常思薇
品牌运营	Sean.L
特约编辑	Jojo.J
视觉监制	611
文字编辑	元薇
装帧设计	雷灿
插画制作	索·比昂卡创作组（云末清凉 Daily）
责任校对	落语
出版发行	北京燕山出版社
	北京市宣武区陶然亭路53号　邮编100054
经　　销	新华书店
印　　刷	三河市灵山红旗印刷厂
成品尺寸	690×990 mm　1/16
印　　张	16
字　　数	188千字
版次印次	2012年6月第1版　2012年6月第2次印刷
定　　价	24.80元

版权所有　　盗版必究

目录 CONTENTS

CHAPTER 01
第一章　　眩晕症女孩与地下音乐室　　001

CHAPTER 02
第二章　　学籍卡卡套里的秘密　　025

CHAPTER 03
第三章　　另一个自己　　043

CHAPTER 04
第四章　　图书馆里的巧遇　　069

CHAPTER 05
第五章　　欢迎加入"爱的期限"　　091

CHAPTER 06
第六章　　心底绝望的冰冷　　111

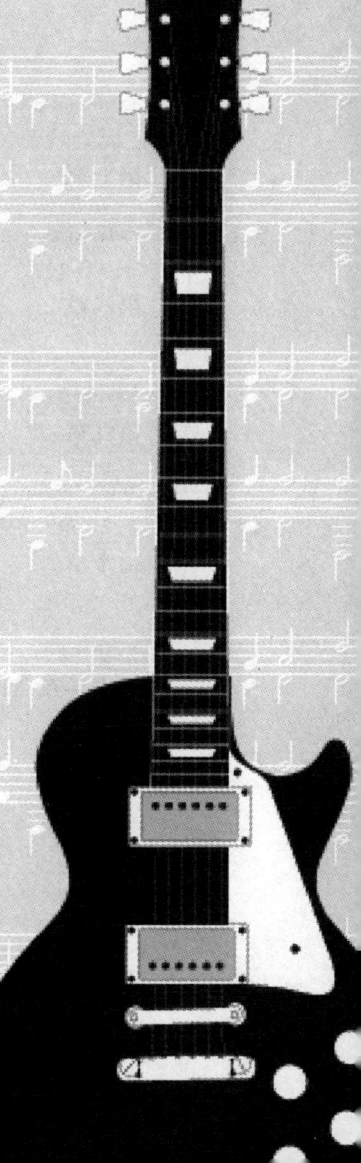

目录 CONTENTS

CHAPTER 07
第七章　被夺走的初吻与突如其来的告白　129

CHAPTER 08
第八章　粉红色的生日　143

CHAPTER 09
第九章　不完美的约会　165

CHAPTER 10
第十章　溪原的提议　181

CHAPTER 11
第十一章　新的选择，新的开始　199

CHAPTER 12
第十二章　只为你而唱的歌　219

CHAPTER 01
第一章
眩晕症女孩与地下音乐室

♪

  这一年夏天，各大机构的考研海报铺天盖地地出现在大学校园的每个角落，连食堂后面公共厕所的墙上也不放过，以刺眼的红色、蓝色肆意地侵占着学生们的视野，在这燥热的天气里，掀起更加灼人的热浪，让走过路过的每一个考研学生都胆战心惊。而可悲的是，往年对它们熟视无睹的我也不得不加入这个考研队伍。

  是的，加入这个队伍似乎是最明智的选择。君不见眼下社会，大学毕业生跟黄河里的沙子一般多，像这些被丢在地上的考研传单一样不稀罕，任谁都可以迈着步子潇洒地踩过去。而我，一个十九岁的大三学生，在这所普普通通的大学里，以将来在研究所或大型医药企业里占有一席之地为目的，学着一个冷门的生命科学专业，整天和显微镜、试管、活蹦乱跳的小白鼠打交道，能有什么力量抵挡这时代的巨轮？

  "哦，你是学生命科学的啊？毕业了是不是打算去卖药？"

  连高中同学也在电话里奚落我！拜托！卖药？这和我想要的生活没有一点儿交集！

  当初还不都怪妈妈不知从哪儿听来了一句"二十一世纪是生命科学的世纪"，因为这句没来由的话，她就这么把我送进了实验室，这还没完。

  神说，要有光，就有了光。

  神说，要有夜，就有了夜。

几个月前，我妈说，你要考研，于是我就只能考研了。

"孩子，听我的话，听说读这个专业考研只是成功的第一步呀！本科毕业只能去给人家当打杂跑腿的！别整天听那些没用的歌，听《考研英语》的学习磁带呀！"

面对妈妈一脸如临大敌的表情，我除了摘掉耳机点头称是，还能做什么呢？

难道我要说：没关系，我听的歌都是英文的，对考试有帮助？

这个夏天比以往任何一个夏天都要燥热，我感到有种叫"青春"和"活力"的东西渐渐地被这前所未有的高温蒸发，在我头上冒起冉冉青烟，离我远去。有时我会感到眼前的一切都变得黯淡，就像感光度太低的相机拍出来的照片；有时我又觉得脚下的大地一直在摇晃，仿佛一瞬间整个世界都会颠倒过来。

终于在那一天，我晕倒了。

我从小就有眩晕症，命运注定我一生会普普通通。是啊，谁能想象一个女主播在直播间一头栽倒？谁能想象一个外科医师在手术中晕死过去？谁能想象一个王牌律师在法庭上突然倒地不省人事？

所以，我只能安安心心地捧着一本厚厚的《考研英语》，关掉那个名叫"幻想"的开关，做一个灰色的小人物，要晕倒，那就晕倒吧！

别人总是好奇地问我，晕倒是怎么样的一种感觉？

我会认真地告诉她，反正绝对不会有趣，它很短暂，甚至有些令人措手不及，但是过后的感觉，绝对不会好到哪里去。

眩晕过后，我躺在医院的床上，不知道为什么，脑袋里却回响着一首熟悉的歌——

Starry starry night

(繁星点点的夜晚)

Paint your palette blue and grey

(把颜料调成淡蓝和灰白)

Look out on a summer's day

(看窗外那夏日的时光)

With eyes that know the darkness in my soul

(你的眼,将我灵魂里的阴郁看穿)

……

隐约中我看见凡·高的《星空》,无数个大大小小的黄灿灿的星星状的旋涡在深紫色的天空上缓缓地旋转着,流动着,左边是一座高耸入云的黑色巨塔。

夜很静,星星很亮,只是天地在旋转,就像我眩晕时的感觉,不停地在旋转……

当我的意识稍微清醒的时候,星空不见了,我最喜爱的这首《Vincent》(《文森特》),歌词变成了一个又一个黑色字母,冷冰冰地组成了完形填空、ABCD选择项,下一秒歌声中断了,我艰难地从白色的铁架床上爬起来,满世界找我的真题集。

那不是一本普通的真题集,那是爸爸在外地来回奔波工作的百忙之余,托种种关系好不容易才搞到手的,是无数考研学子梦寐以求的《A大历年考研真题集》。为了把它交给我,昨天一下飞机他就叫了辆出租车赶到学校,向老师告了个假,就把我带回了家。

当爸爸用对待国家级出土文物般的态度,从公文包里把那本厚得能砸死人的书掏出来交到我手上的时候，我感到这本没有生命的东西被他的体温捂得发热，几乎烫伤了我的手——那不是我所能承受的热度，可是我知道，如果不把这本书的内容灌输进我的大脑，说不定哪一天我就会被这时代的洪流卷走。

接着，爸爸盯着我意味深长地说："现在家里所有的希望都寄托在你们姐弟俩的身上了。看得出，这年头跟我们那会儿不同了，爸妈也不求别的，只希望你们俩好好读书，毕业能找个好工作，将来能出人头地，你也能找个好人家，过上舒服的日子……"

这些话我已经从爸爸的口中听过不止一次了。我有些麻木地微微点着头，表现出一副无比顺从的模样，但其实我比任何时候都要茫然和不知所措。

好成绩等于好工作，好工作等于好人家，好人家等于好日子……这个逻辑听起来无懈可击，也很符合现代社会的主流思想，就好像猫咪生下来就会捉老鼠，老鼠生下来就会打洞。爸爸对于拿到这本真题集表现出很大的满足感和成就感，他甚至已经从那苍白的封面上预见了女儿未来甜蜜幸福的模样——可以推着美国进口的婴儿车上超市，毫不犹豫地挑选三十五元一斤的鲜猪肉，然后一脸快活地给月薪两万的老公打电话，问他今晚要吃什么。

可是我知道到达这座山顶并不能搭上缆车，嗖的一下就上去了，而是要一步一步踩着那些嶙峋的石头，攀着悬崖峭壁，闻着毒蛇的体腥味爬上去的。"登顶攻略"里写满了感叹号和问号，还有许多省略号。

进研究所？那可不是研究生待的地方，本科生连简历都没办法在人家的办公桌上停留一秒。硕士？走进去都不好意思跟人家讲话，周围可是一群一群的博士啊！

听着爸爸的唠叨，我的思绪却飘到了实验室里，不知道昨天喂过的小白鼠怎么样了，似乎有一只不太精神，情况不太好……

我带着一身疲倦,抱着这本厚厚的书回到宿舍,黑暗中看了一眼手机上的时间,已经是晚上十点了。远远地看到黑漆漆的实验楼,那是别的学院的学生经过都要加快脚步的区域,因为这一带的空气里总是飘荡着一股令人不快的化学气味,还混杂着小白鼠的屎尿味。

被卫生间里传出的淅淅沥沥的莲蓬头洒水声和来自上铺有节奏的鼾声包围着,天气热得连白墙似乎都要融化。我打开窗前的一盏小台灯,摊开真题集,决定先做一套题再去睡觉,企图用冷静的思维缓解一下如这个夏夜般燥热的心情。

接着,我开始在氨基酸的代谢途径里挣扎,那些英文单词、英文缩写词开始变得活泼起来,它们跳着舞从纸上逃脱,变成了天上的繁星,最后化作凡·高《星空》上的巨大旋涡。

我为这星空倾倒,坠落,成为大地上的一盏烛光,久久地仰视着,在天幕之下尽情颤抖着。

这就是我晕倒的瞬间所看到的。

我的眩晕症很久没有发作过了。第一次眩晕症发作时,那是小学几年级来着?我记不清了,家里手忙脚乱地把我送进医院,我却在一阵带着哭音的叫喊声中醒来。

我以为自己得了什么不治之症,自卑自闭了一段时间,后来才知道,原来眩晕症是门诊常见症状的第三位,许多人一生中都要经历那么一两次,没什么了不起,后来我就释然了。

但是,眼前的室友们仍然处在大惊小怪之中,还在我面前扯起了韩剧情节,把我和剧本中多灾多难的悲情女主角联系在一起。

我皱着眉头说:"千万别给我家里打电话啊,要是让我爸妈知道了就不好玩了。"

我不想让爸妈担心，毕竟这阵子我受到的关爱已经多得足够让弟弟嫉妒得咬牙切齿了。

"那你多休息休息吧！不要那么拼命地读书了，我会帮你请好假的。"睡在我上铺的室友美美一脸担心地说。

可是我只是晕倒了而已，又不是被一辆超级大卡车撞了个正着，睡过一宿，现在我的思维清晰得能毫不费力地背出氨基酸代谢过程，四肢也柔韧有力、活动自如，只是有点儿累……

于是我说："不用帮我请假了，这儿也没什么好待的，我下午就回去。"

不顾美美的劝说，我毅然决定逃离这个白色的房间，越快越好。

走在午后的大街上，无比饥渴的我买了一杯酸梅汁，边走边吸。

"你真的没事吗？"

面对美美紧张的表情，仿佛她的眼前还闪现着昨夜的"惨案"——我像尸体一般躺在地上的样子。我觉得问这句话的人应该是我才对。

"我好得很！还能跳芭蕾舞给你看呢！"经过银行，我看了看映在镜面墙饰里的自己，笑一笑，脸色红润有光泽，哪一点看起来像是有事了？

美美叹了一口气，说："唉，你下次晕倒前能不能通知我们一声？几乎被你吓得一宿没睡！"

我笑着说:"通知你一声?那你能不能提前找个帅哥?这辈子好歹让我晕倒在帅哥怀里一次呀!"

开着没营养的玩笑,路上的行人不知不觉地向前方聚集。踩着一地传单,我敏锐的耳朵突然捕捉到远处的音乐声。

"啊,这是《Angel》(《天使》)的前奏!"我突然眨眨眼说。

"什么?哪儿有音乐啊?我怎么没听见?"

我拉着她顺着人流快速前进,一个被人群包围着的巨大舞台出现在十字路口旁的广场,东边的大商场是一栋五层的建筑,每一层楼的落地玻璃窗前都挤满了看热闹的人。

接下来,如骤雨般响起的鼓点和熟悉的旋律证实了我的话。像是被通了电,我突然兴奋起来,拖着美美就往人群里挤去。

"你,你不回学校啦?"

"一会儿!就看一会儿嘛!"电贝斯的声音像是有一种超强的魔力,控制了我的身体。我怎样也没有办法把自己从电贝斯的魔力范围内拉开,仿佛一离开我就会缺氧。

台上的美女我见过,是一位新晋的选秀歌手。我费尽力气终于挤到台下离歌手最近的地方,如痴如醉地看着画着浓黑眼线、衣着火辣的卷发女歌手蹬着十二厘米的高跟鞋、气势如虹地在麦克风前大声开唱,嘹亮的声音压过了贝斯的怒吼,响彻了整个广场,传到了十字路口每个正因堵车而郁闷不堪的司机耳里。

我想那就是我梦里的样子。

谁都做过明星梦,喜欢唱歌的人多过超市里卖的盐,只是我比一般人投入的喜欢更多。至今家里还保留着我三岁时拿着冰棍踩在凳子上唱歌的照片,小学的作文里我歪歪扭扭地写着"长大了我要当歌星",也没人笑话过我白日做梦,因为从小学到初中,我一直都是学校合唱团里的主唱。我也曾经毫不吝啬地大把大把挥霍零用钱,从店里抱回一沓沓的唱片,还曾经偷偷地攒下两千元钱,只为到北京看一场演唱会。

直到有一天,我被父母逼着把高考志愿从声乐系换成生命科学专业之后,我才终于明白,到头来这不过是一个梦,我只能把它尘封在心里。作为一个平凡人,我的职责就是勤勤恳恳地沿着爸妈一手铺好的道路走下去,不让他们为我操心。

"大家好!我是菲儿!感谢今天来听我唱歌的朋友,希望你们继续支持我!"台上的歌手突然停了下来,引起人群里一阵骚动,"今天站在这里我很开心,想邀请一位有缘的朋友上台来和我合唱下一首歌,有哪位朋友愿意?举起手来!"

"芊芊,快上去!"美美用手肘捅了捅我说。

还没反应过来,我的手就被旁边的美美举起来了。我的心突然狂跳起来,多么希望我能被选中,但我还是不自信地笑了起来:"哈哈,别开玩笑了!"

我被欢呼声包围着,淹没在众人举起的"手的森林"里,接下来的事情却超出了我的想象。

"可以请那位穿黄色T恤的长腿美女上来吗?"我头顶上响起一个声音。

穿着黄色T恤的我抬起头,对上台上含笑的眼睛,我简直不敢相信自己的耳朵。

长腿?美女?这些词汇跟我有一毛钱的关系吗?

"不用怀疑,就是你!"

"傻愣着干什么,快上啊!"美美推了我一把。被这股狂喜的洪流包围,

我身不由己，像做梦一样走了上去。

站在这么大的舞台，被这么多陌生人关注着，还是第一次，那些眼睛里流露出来的期盼，让我一下子傻了眼。

音乐在继续，伴舞随着节奏跳起来，台下的人跟着节奏摇摆。我站在台上，说实话，我很清楚刚从医院里出来的自己没有那个体力，也没有那个精神，只能直直地站在那里望着菲儿傻笑，像个白痴。

台下的期盼随着我木讷的表现变得低落，那些冲着我不客气地嘲讽的笑脸似乎正等着看笑话，天知道，我究竟是从哪里来的勇气，跳上这个舞台的。

我抬起头，节奏在耳边变得清晰，抓住旋律，我静下心来数着节拍，一，二，三，然后，我开口了——

我听见自己的声音藏在了菲儿的声音背后，可是我一开始唱歌，身体就停止了颤抖，心情也平静了下来，整个世界只剩下音乐！音乐！

台下那些原本嘲讽的表情有了微妙的变化，掌声像一阵旋风席卷了整个广场，更多的人拥到了舞台下。

我唱了好长一段才发觉，菲儿已经停了下来，后退一步，我独自驾驭着舞台。我的声音通过麦克风和扬声器，飘荡在上空，听起来有些陌生。我竭力让歌声变得更加纯净，唱出歌中天使静谧的忧伤，就像我已经插上天使的翅膀，努力地向高处飞去，依旧回头望望地上的人们，他们个个都在倾听，在这种前所未有的体验里，有种几近神圣的充实感塞满了我的胸腔，就要爆炸。

我觉得我快要触摸到天堂了。

"没想到你的声音那么棒！你参加过选秀吗？"在后台，菲儿用一种又惊又喜的眼神盯着我。

第一次离职业歌手这么近，我有些不太适应，深深地吸了一口气，然后摇摇头。

"你唱得那么好，人也长得又高又漂亮，为什么不找机会呢？啊，这样，我看我找个时间把你推荐给我认识的经纪人怎么样？"

"啊？"被明星拉上台唱歌，我已经兴奋得快要晕倒了，几分钟后又得到了踏进演艺圈的机会，这完全超出了我的预想，我的肾上腺素指标瞬间直线上升至极限。

可是冷静过后，我的嘴里只能说出"谢谢"这样毫无创意的词汇。

这位菲儿小姐的嘴巴实在太甜，我分明只是一个穿着T恤衫、牛仔裤、素面朝天、一年四季只会扎马尾辫的普通女孩。虽然我喜欢唱歌，但是舞台毕竟离我太遥远。歌手？这个职业对我来说，实在太梦幻。

这只是一个玩笑，我告诉自己。

"我是说真的！考虑一下怎么样？"

"可是……"

可我只是一个等待考研的生命科学专业的大三学生啊！晚上我还要回去照顾我的小白鼠呢！回到宿舍还得再做一套真题呢！

"啊，差点忘了我还得赶通告！"菲儿看了看手表，把一张唱片和一张名片塞到我手里，"这是我们街头演唱会的纪念品，还有我经纪人的名片，有空可以联系我哦！"

看着她匆匆离开的身影，我笑了笑，把它们放到包里。

"啊，真是的，居然一个人跑去酸奶店，丢下我一个人在后台……"走出人群，我收到美美的短信，被抛弃的我只好一个人回学校，"啊，难道你就不怕我被奇怪的人拐卖吗？"

但是我并不介意，因为所有不愉快的事和低落的心情，全部都在舞台上

被音乐的光芒给净化了，我觉得自己像充满电的敲鼓小熊，浑身上下充满了能量。

"真是太棒了，竟然遇上这么幸运的事！"我不由自主地加快脚步，走进洒满夕阳余晖的小巷里。

上帝总是能在一个人沉闷的一生中留下几个闪光点，只要活下去，说不定还会遇到什么好事呢。

"嗨！"我心情愉悦，抬头冲着矮墙上蹲着的一只猫咪大声打招呼，结果却把它吓跑了。

猫咪跳下矮墙，向着小巷深处跑去。

我忽然发现越往前走路就变得越窄。

奇怪，今天这里静悄悄的，除了我之外，居然一个行人也没有，连打开窗户晾衣服的主妇也见不着。

不，不止我一个人，而是两个！我这才注意到，远远的，背后有一个脚步声。

只是刚好和我一起走进小巷的人吧？

起初我也是这样想的，但是十几分钟后，我就不这么想了。

原本那个脚步声只是远远的，现在却离我越来越近，越来越清晰，我甚至能听见伴随着这不缓不急的步伐的，还有一种类似金属碰撞的声音。

远处的阴云开始在天空聚集，四周的一切暗得很快，小巷被笼罩在浓浓的阴影里。

我经过一栋荒废的房屋，因为常年的阴暗，这里有着和盛夏不相符的凉气，我的头皮不禁开始发麻……

这个脚步声是谁的？我猜是一个男人的，那么，他要去哪里？

他已经跟着我走了很久，而我甚至没有勇气回头看一眼背后的人到底长什么样子。

我快步拐弯，希望在岔路口甩掉这个可疑的家伙，可是事与愿违，脚步声依然如影随形。

我想，我身上只带了三十块，这么一点儿钱，对方一定会不满吧？

而我的手机，则是动不动就死机的老旧手机，倒卖二手机的小贩看见了都会不屑地冷笑说：这是什么年代的破手机？送给我我都不要！

如果劫财不成要劫色，看到我这种"干煸四季豆"的身材，说不定会恼羞成怒、痛下杀手呢！

那么，要是对方是个变态呢？

天啊！我知道你或许承受了什么沉重的社会压力，或许遇到了难解的烦恼，但是我的压力也很大啊！作为一个生命科学专业的考研大三生，你伤不起啊！

最糟糕的是，我的脑子里已经开始浮现出各种凶杀案新闻片段，明天的报纸上会不会在社会版上刊登这么一条消息：大三考研女生小巷分尸案。然后人们就会纷纷惋惜：这么年轻，还要考研，大好的前程，真可惜啊！

天啊！我还这么年轻！才不想死呢！

该给谁打个电话呢？我这么想着，把动作幅度减到最小，缓缓地从口袋里掏出了手机，那是我唯一能想到的武器，说不定还能用它来把人砸晕呢！

我慌慌张张地按下数字键，因为太紧张而连续按错两次，电话那头传来长长的嘟嘟声，我在心中大声祈祷，把观世音菩萨、耶稣基督和真主阿拉都呼唤了一遍，连阎王老爷和关二哥也没落下。但是就当嘟嘟声停止，电话接通的一秒钟后，手机屏幕很不争气地告诉我——电量不足。

如果死神就站在我后面的话,他一定在狞笑!

身后的脚步声突然变得急促,我心里一惊,他一定察觉了,现在下手毫无阻碍,是时候下手了!

惹不起,我跑还不行吗?

于是我抬起发软的腿,拼命向前冲!

我横冲直撞,前方的视野变得畸形而狭窄,我就像一只在滚筒里奔跑的仓鼠。

就在我拼命地想摆脱这梦魇一般的场景时,我撞上了一个不算软的东西——

"啊!"

意识到那是另一个男性的胸膛,惊吓之余,我的视野忽然变得昏暗,在意识渐渐模糊前看到的摇摇晃晃的影像中,我捕捉到了一件黑色的棉质T恤、一对算得上性感匀称的锁骨、一个"般若"面具的银色项链,还有一股子汗臭味和烟草味。

我的意识越来越模糊,我想我输了,这下真的要被抓走了。

倒下的前一秒,我在心中祈祷,像我这种连蚊子都不忍心捏死一只的善良人,怎么可能下地狱,目的地应该是天堂吧!

♪

朦胧中,我看见天使在向我招手。

这个天使长得真是可爱，大大的眼睛，长长的睫毛，还梳着双马尾。

啊，上帝听见了我的祈祷，让我到达了天堂？

我用询问的眼神看着她，她则回应了我一个微笑。

啊，不对，天堂里怎么会用红砖砌墙，而且墙上还贴着"枪与玫瑰"乐队的海报？

把视线从天使的脸上移到她后面的墙上，我想这里绝不是天堂。

我转动脖子，映入眼帘的是一个比我家客厅要大上五倍的空间，墙上挂着三四把吉他和贝斯，书和唱片胡乱地堆在地上，像倒塌了的多米诺骨牌，上面点缀着空的可乐罐子和薯片包装袋，乍一看简直像个垃圾场。

视线重新回到那个迷惑人心的微笑上。

要知道，恶魔往往会装扮成天使的模样欺骗世人，是时候提高警觉了。

"你终于醒了啊？"

一个有力的声音像惊雷一样在我头顶炸开。

循着声音的方向望去，只见房间的一角放着一套豪华的架子鼓，一个一身黑衣、打扮得像只乌鸦一样的男生坐在高脚凳上，冷冷地看着我。

从他胸前的项链上，我一下子认出，他就是那个跟我撞了满怀的人！

"你……"

"嘿，你身高有一米七吧？像你这样高挑的女生可真是不多见哪！究竟是吃什么长大的？背着你真是重死人了！"我还没开口，他居然就发起牢骚来了！

问题是，这到底是哪里？

我睁大眼睛四处张望，开始回忆，原来我又晕倒了，在一个昏暗的小巷子里，被一串陌生的脚步声吓得落荒而逃，然后倒在了一个男人的怀里。

哦，一个帅哥！

我盯着那张还算端正的脸，那表情却臭得活像我欠了他五百万。

老天，这是什么情况？

屋子里的灯光暗了一下，一个身影出现在门口。我愣愣地看着这个头发像刺猬一样竖起、鼻子上还穿着两个鼻环的男生走进来，脑子里顿时闪现了四个字：不良青年！

而他身上的那些金属配件，随着步伐叮当乱响。我突然想起来了，这就是跟踪我的那个人！

我哭笑不得，这一屋子都是些什么人哪？他们究竟是从哪个异空间过来的？

他们到底要对我做什么？

"什么？爱之声音乐学院？"

望着自称樱的娇小双马尾女孩，我一脸茫然。

"对呀！你应该听说过吧？这个学院已经有三十年的历史了，甚至有一个学姐已经到日本发展了哦！我们可是明星学院哦！"樱眨着大眼睛说。

啊，我想起来了，是有这么一所音乐学院。高考填志愿那年，我曾经无限憧憬地盯着资料上的这所院校的介绍看过好几次，幻想着在这座欧式古典花园学院的小径上来来往往的，是穿着白色长裙、提着小提琴的长发少女，还有怀里抱着琴谱匆匆前去练钢琴的美男子。他们都是手指修长、浑身散发着艺术气质的青年，为了走上世界的舞台而燃烧自己的青春。不过好景不长，由于这所学院离我们学院很近，我还听过一些关于那些青年音乐家的负面消息，甚至有人为了名誉做出了所谓的魔鬼交易……

但是，我怎么也想不到，爱之声音乐学院的学生，会以这样的形象出现在我面前。

"呃……那个……大学校园里允许穿鼻环耳洞、把头发染成红色吗？"我忍不住举手问。

屋子里的温度因为这个近似挑衅的问题瞬间降低了五摄氏度，没有人回答我的问题。

"喂，我说那个不良少年……"于是我又问了一遍。

"因为我们是大四学生。"坐在架子鼓旁的男生一边回答，一边点燃手里的烟，"还有……我不是不良少年，我叫岑风。"

可是，这些……分明跟我一点儿关系也没有啊！

我看着眼前的两男一女，他们个个都用一种奇怪的眼神盯着我不放，让我觉得自己像是一只掉进狼窝的小羊羔，不安感更加强烈地爬上了我的脊背："那……那我可以回去了吗？我晚上还要自习呢！"

"等等……你知道的吧？我们学校有自己的乐队，每年寒假前都会有一场表演。"刚刚进门的那个男生顿了顿，看着疑惑的我说，"我叫薛苏，是这个乐队的吉他手。"

"哦，你们乐队叫什么名字？我会去看你们表演的。"我露出一个僵硬的笑容说。

行啦行啦，我会去捧场的，那么可以放了我吧？

"我们乐队的名字叫'爱的期限'。你以为我把重得像大象一样的你拼命地拖回练习室而不是丢在路旁就是为了拉观众？那你未免把我想得太廉价啦！"薛苏挑了一下右边的眉毛，冷静地说，"我们需要一个主唱，而我觉得你的声音不错，外形也符合我们的要求。"

"你是说，要我当你们的主唱？"我指着自己的鼻尖，满腹疑惑。

"你猜对了!"薛苏打了个响指说。

我松了一口气,说:"原来是这么回事啊……"

"哦,那么你答应了吗?晚上就留下来和我们一起练习吧!不知道有多少人想当我们的主唱呢!由于资质不够和各种各样的原因,我们都已经回绝了!"薛苏转头说,"岑风,给那个女生打个电话,告诉她今天晚上不必来面试了!"

等……等等!他在说什么?这是人贩子集团吗?

"喂!喂!我说我答应了吗?不要擅自给别人做决定啊!"我的思维几乎被这《蜜蜂圆舞曲》般狂乱的变奏打乱了,我摆着手大声说,"开什么玩笑!我不是说我晚上还要去自习吗?"

"哦,我忘记了,那么明天晚上来和我们练习吧!"

我看着屋子里的三个人,他们统统用理所当然的眼神望着我,好像我已经是他们的一员了!

啊,我从心里讨厌这种自以为是的家伙!

"不对!不对!"我用两只手臂交叉,连做了三个大大的"×",以示反对,"我是B大生命科学学院的大三学生,还面临着考研考试!很抱歉,我和你们不一样,我的时间是要用来应付比生命还重要的考试的!"我猛然从沙发上坐起来——是的,我躺着的地方是一张小小的皮质沙发,歪歪扭扭地铺着波西米亚风的大毯子,接着我在脚边找到了我的包。

我分明是一字一顿咬字清晰地说出来的,可是他们面面相觑,似乎听不明白我在说什么。

"再说,你听见我在台上唱歌了吧?为什么不直接在台下找我,鬼鬼祟祟地在小巷子里跟踪我,害我吓得半死!"我继续控诉。

"那在台下找你，直接说'嘿！你唱得不错，来当我们主唱吧'，然后你就会乖乖跟我们走吗？"岑风凑近我说。

我被他的烟味呛得咳了两下，大叫道："当然不会！"

"所以就先跟着你，再慢慢找机会啦！"岑风耸耸肩说，"一般人也要先看到我们的练习室，然后才会爆出一句'哦，原来你们真的是搞乐队的'！"

这是哪门子逻辑？

"变态！"我终于爆发出一句。

岑风丢掉手里的烟，睁大眼睛看着我："长着一张这么清秀的脸，居然这么粗鲁，真是没想到！怎么看我们都是好青年，哪里变态，哪里不良了？"

喂，喂，你们怎么看都是不良青年吧？

"正人君子是不会做出偷偷摸摸跟踪这种行为的吧？"

"别怪我，其实我们也不太想拖着一个一百多斤重且高达一百七十厘米的人体回来。"岑风无奈地耸耸肩，摊开手说，"只是……这是我们队长的意思。他说，你要是不愿意的话，干脆打晕了拖回来吧！当然，他是开玩笑的，只是我没想到你真的会晕倒……"

我翻了一个白眼，这是什么队长？看来"上梁不正下梁歪"这句话很有道理。

"你们队长？他在哪里？看来我要和他好好地谈一谈！"至少，我要让他和他的队员们为自己不负责任的言行道歉！

"哦，我们队长很忙，他不是轻易什么人都见的。"岑风伸出一根手指，在我眼前晃了晃。

"你这是什么口气？他是大明星吗？究竟有多大牌啊？"他们队长很忙，难道我的时间就不值钱吗？

"好吧!他不是什么大明星,不过你要是真的见到了他,说不定会迫不及待地加入我们乐队哦!如果你愿意考虑一下,我可以现在就给他打电话,让他和你约个时间。"

拜托!他以为他是谁?他是比尔·盖茨,一秒钟赚二百五十美元?还是他帅得惨绝人寰,走在路上都怕被人强吻,需要蒙着面纱,不能轻易以真面目示人?

虽然我很好奇这号人物的庐山真面目,但是说到底,这和我有什么关系?

我只知道,如果我赶不上今晚的自习,明天的小测试可能会不及格!

"够了!不用了!"意识到不能再这么耗下去,我抱着我的包站了起来,"我要走啦!我可没办法把时间浪费在这里!没想到爱之声音乐学院的学生这么不可理喻!以为别人都跟你们一样闲吗?"我说着,就要往门口走去。

"喂!你给我等一下!"岑风不客气地叫住我,"别说得我们搞乐队好像是闹着玩的!"

他真的被我惹毛了,我被他那严肃的口气震了一下,停下脚步。

"你记住,现在你眼前看到的所有人都是为着自己的理想和目标在努力!我不止是看中你的声音和外形,你自己注意到了吗?在台上唱歌的你,表情是那么不一样……读书、考研,找一份自己并不想做的工作,平平静静地过完自己的一生,这就是你想要的?难道你就没有别的理想?"岑风在我身后大声说道。

像是被人击了一锤,我愣住了,从来没有人对我说过这种话,从小到大,我听到的只有一个声音:好好读书。

原来我还能拥有别的理想?

可以吗?天天被爸妈督促着读书,从小被周围的人视为模范学生、未来的中国科学院院士的我，可以拥有别的理想吗？

对他们来说，我不过是一个有一副好嗓子的路人甲罢了，我的事情，这些人知道多少啊？

"够了！你们什么都不懂！"我大叫着果断地转身离去，却没注意到拐角处放了个破旧的架子鼓，于是下一秒，潇洒撂下狠话的我被狠狠地绊倒了。

狼狈地收拾起包里掉出来的东西，我的脸红得不得了。突然，一双有力的大手把我扶了起来，我抬头一看，居然是岑风。

我尴尬地看着他帮我掸掉肩膀上的土灰，僵硬得像个木头人，不知道该说些什么。

"你叫什么名字？以后说话走路要小心点！"

对于这么傲慢的问话，我想我有权利不回答，于是我做了一次深呼吸，扭头离开。

"樱，我怕她会迷路。"岑风在我背后说了一句。

这是什么话？当我是三岁小孩吗？

我气呼呼地拉开一扇贴着迈克尔·杰克逊海报的铁门，一个脏兮兮的白色马桶却猛地跳进我的视野，哦，不，这里是厕所！

身后传来两个男生毫不掩饰的轻笑，我正要发作，手臂却被樱拉住了。

"还是让我带你上楼梯吧！"她口气温和地说。

打开楼梯上的门，迎接我的是楼道间昏黄的灯光，原来这里居然是一个地下室！

"我的天，这个地方还真是偏僻啊！"就像一尾沉入海底深处太久的鲸鱼迫不及待地浮上水面一样，我用力地吸了一口来自地面的新鲜空气，庆幸自己没有加入这个诡异的团队，如果不幸在这里被什么奇怪的人分尸，警察要搜寻

的话可要花上好大一番工夫了！

"真是对不起！这个地下音乐室看起来确实是有些寒酸啦！"樱不好意思地吐了一下鲜红的小舌头。

我尴尬地笑笑，不予评价。这里还真不是普通的寒酸！不只是寒酸，还很诡异，散发着一股危险的气息。如果有人告诉我，这里是垃圾站、流浪汉收容所、黑社会据点，我也不会流露出一丝惊讶的！

"因为都是学生，所以没有钱去租更好更大的场地，也没办法做很多的宣传，但乐队的每个人都是认真的！大家都对乐队的未来抱有无限的期待，是脚踏实地、用十二分的热忱去做的，并不是玩玩而已。岑风当时为了攒钱买一套好的架子鼓，打了一年的零工，常年吃泡面，把肠胃弄得很糟糕。薛苏因为家里反对他搞乐队，不给他经济支援，所以他不得不经常去吉他培训班当老师赚钱⋯⋯"樱突然感性地对我说了这么一番话，脸上的表情极其认真。

"咦，你们经济能力那么差，是怎么租下这个地下室的？"我被樱的话吸引了，忍不住问了起来。

"哦，这不是租来的，它刚好是空着的，于是业主把它借给了我们。"

"呃⋯⋯那还真是凑巧啊！"

"嘿嘿！告诉你一个小秘密！"樱凑近我，暧昧地微笑着说，"其实是因为我们队长和业主关系匪浅！你知道的，在这个社会上，没钱，就要靠关系嘛！"

"呵呵！"我无话可说，只能傻笑。这个女孩看起来蛮可爱的，不过浑身散发着八卦的气息。不知怎么回事，我突然有些期待从她嘴里知道更多关于乐队的信息了，"看来你们队长挺不一般的。他到底是个什么样的人物？"

"哦，今天他不在场，但是有机会你会见到他的。"

我的心猛地跳了一下，经历今天梦魇一般的乌龙事件，我可不想再见到这个乐队的任何成员了，哪怕这个传说中的队长比吴彦祖还帅！

我庆幸自己没有告诉岑风名字，万一留下什么讯息让他们找到我，那可就麻烦了。

"你们平时就是在学校唱歌吗？"我必须知道他们平时出没的地方，以后去那儿可要注意点儿。

"不只是学校的表演，我们也经常到皇后酒吧去唱歌，你知道的吧？这个酒吧在这一带很出名，一般乐队没办法驻场，不过我们队长和他们老板混得很熟，嘿嘿……"

我摇摇头，对于我这个每天"宿舍——教室——食堂"做三点一线运动的学生，酒吧不过是犯罪的温床罢了，那么樱口中的这个队长，很可能是黑白两道都吃得开。

怎么办……我是不是无意中惹上了一个很了不得的家伙啊？

顿时，我的脑海中掠过了以前在电视里看到的各种香港黑帮片的血腥镜头。

我不禁打了个寒战。

"那里有很多志同道合的音乐迷，还潜伏着业内职业人士，有时还会有大牌公司的星探出没哦！有个现在在北京很红的摇滚乐队就是在这里被发掘的哦！"樱眨眨眼继续说，"那个乐队叫什么来着……啊，我忘了！"

星探！这听起来很诱人，但是就在几小时前，我还遇见过一个呢！

虽然她很聪明，极力诱惑我，但对我来说，这不过是苍白的说辞罢了！

"嗯，其实到了大四，我们的时间基本上都很自由，老师也不怎么管，我每天下午都会来这里哦！队长虽然总是神出鬼没，但是你明天过来的话，应该

会碰到他哦！"樱说。

啊，我一点儿也不为这个"应该"而高兴！

而他们的队长，那个教唆手下把年轻姑娘敲晕打包带走的队长，在我心目中已经被界定为刺着左青龙、右白虎文身的暴戾男青年，说不定兜里还藏着一把枪呢！

"看得出你也是喜欢音乐的，如果学习觉得很累需要放松的话，随时可以来我们练习室唱歌哦！"

"啊……谢谢！"看着她真诚的脸，我客气地把"不用了"三个字吞回肚子里，心里却在大叫：这怎么可能？

我为什么不选择去唱歌，偏偏要去你们那个幽暗又陌生的地下室唱歌啊？况且我连去歌厅放松的时间都没有！

对我来说，最好的放松就是睡觉，嗯，顶多是听着莎拉·布莱曼的音乐睡觉。

CHAPTER 02
第二章
学籍卡卡套里的秘密

♪

　　华灯初上，这里是大学城最热闹的一条路。路上的人们总是行色匆匆，其中有提着面包和生菜的主妇，穿着白衬衫和筒裙的都市白领，还有手拉手吃冰激凌的情侣。他们都有着明确的目的地，迈着大步与我擦肩而过。

　　肚子在咖喱店的香味萦绕中发出抗议的叫声，不知不觉已经到了晚饭时间，于是我买了一个汉堡，边走边啃。

　　把钱包放回包里，我摸到了菲儿给我的唱片，拿出来一看，没想到唱片壳面因为我的跌倒而出现了一道浅浅的裂缝，我不禁惋惜地叹了一口气，这唱片壳上还有签名呢！

　　我终于能仔细地看看这张唱片的封面——菲儿站在金色的话筒前，向着前方张开双臂。她沐浴在金色的阳光里，笑容快乐得像拥有了全世界，鼓手和吉他手的身影模糊得像一道彩虹，融入了背景，成为这个画面和谐的一部分。这场景美好得像一个梦境，这怀旧的色调充满了温暖。

　　我羡慕地看着封面上的菲儿，她神采飞扬，我的心情却无法快乐起来。因为那个舞台是如此美好，却又如此遥远，于是我又想起了那个破旧的地下音乐室，那些努力的人，说不定过几年也能登上更大的舞台，发行这样的专辑，在唱片店的玻璃橱窗上贴上他们的海报，但是……

　　主角不会是我。

　　那一定是另一个女孩。她像我一样高挑，长得更漂亮，和我一样喜欢唱歌。不，她一定更喜欢唱歌，喜欢到可以放弃一切……

她会代替我，实现我的梦想。

想到这里，我心中涌起一阵莫名的失落感。

一个声音突然在我脑中回响起来——

"你记住，现在你眼前看到的所有人都是为着自己的理想和目标在努力！"

"读书、考研，找一份自己并不想做的工作，平平静静地过完自己的一生，这就是你想要的？难道你就没有别的理想？"

读书、考研、读博，找一份枯燥无味的工作，被大大小小的试管和各种字母缩写打发，平凡地过完一生，这就是我正在选择的道路。

可是，这不是我想要的生活，这是我父母的选择。

穿过斑马线，经过一家乐器行，平时的我绝对不会多看一眼，但是今天我却忍不住放慢脚步，看着玻璃橱窗里展示的电贝斯。我一直觉得那是很美的乐器，流线型的器体，光鲜锃亮的烤漆，酷酷的外形。

我听见吉他的声音，有一个温柔的男声在低声吟唱着：

总有一天我会优雅地遇见你

织梦的人啊，那伤心的人

无论你将去何方，我都会追随着你

两个流浪的人想去看看这世界

有如此广阔的世界让我们欣赏

……

这声音低沉而温柔，似乎带着一种神奇的魔力，我停下了脚步，不由自主地被吸引过去。

　　那个坐在台前的男子，怀里抱着一把吉他，而他那和歌声一样出众的外形，也吸引了我的目光。

　　他染了一头浅色的金发，戴着紫色的美瞳，我不知道金发配上紫瞳竟然会碰撞出如此华丽的效果。但前提是他长了一张俊美的脸，不是那种肥皂偶像剧男主角的俊美，而是具有一种独特的气质，无论多么美好的形容词放在他的身上，都会显得苍白。

　　他应该是附近音乐学院的学生吧？又或许，他其实已经是一个小有名气的歌手了？那么俊美的外形，上杂志封面一定不是难事。

　　我站在橱窗外，看着他修长的手指轻轻拨过吉他的弦，就像那不是一把吉他，而是情人的发丝。

　　我忍不住开始遐想，他有女朋友吗？对待女朋友，他也会有这样的温柔吗？

　　那么他的女朋友，真是幸福。

　　而他唱歌时的表情，陶醉得就像身在另一个世界。是在戈壁的篝火旁，是在塞纳河畔的小酒馆，周围的一切都阻止不了他沉浸在音乐的世界里。而音乐，就像是他的情人，值得他如此迷恋，如此温柔地对待。

　　真好啊！喜欢音乐的人，为自己的理想自由地歌唱着。

　　可是我呢？我为自己真正的理想做过些什么？

　　正陷入沉思，我的手机突然响了。

　　"喂，芊芊，你怎么这么久还没回来？你没事吧？该不会又昏倒了吧？"

　　原来是室友打来的。

　　"你想太多啦！我好得不能再好了！正在回去的路上。"是的，我确实昏倒了，但还不是被那些浑蛋害的！不过，我可不想被同学们当做弱不禁风的纸片人，也不想再让人担心。

"那你晚上要不要来一起自习？"

"呃……我想我还是不去了，头还有点儿晕晕的。"我犹豫着说。其实我的头不晕，只是单纯地不想去。天天自习，偶尔放纵一天，应该没关系吧？

"回来的时候帮我带一杯椰汁西米露吧！"我对美美说。

我现在满脑子都是舞台、金色的灯光、观众的欢呼、电贝斯的轰鸣，还有那个地下音乐室、乐器店里弹吉他的金发帅哥。上帝像是在开我玩笑，一天之内给了我太多的感官刺激，我想我需要消化一段时间，然后遗忘……

"啊，是哦，你才刚出院呢，还是在宿舍里好好休息吧！我会给你带的！"

"我就知道你最好了！"

"我刚刚跟同学说你在街头演唱会上被邀请上台唱歌了，她们都羡慕得不得了呢！"

"你知道吗？我到现在都还在兴奋呢！腿肚子还在发软呢！"当然，腿肚子发软的原因是在那之后受到的惊吓。

"上台的时候一定很紧张吧？"

"可不是！我完全没有心理准备，也不知道要做什么动作，但奇怪的是，一开口唱歌，就完全不紧张了！"

"啊，我也发现了，一开始你站在那里一副不知所措的样子，像根柱子，但是一开口，就连表情都完全变了！"

我的心跳猛地加速，突然又想起岑风的话来——

"你自己注意到了吗？在台上唱歌的你，表情是那么不一样……"

"啊？真的吗？什么表情啊？"不自然地提高了音调，我追问。

"你啊,那时简直就像被什么附了身一样,就像是想吃甜食想得不得了的常年减肥人士终于吃到了一口泡芙的陶醉表情!"

"什么啊?拜托你能用优美一点儿的句子来形容吗?"

"哈哈,开玩笑啦!总之,那无比投入的模样还蛮有明星架势的呢!我帮你拍了照片,发给你看看吧!"

"好啊好啊!"

"其实,你的歌唱得那么好,可以去参加比赛啊!"

我愣了一下,这话似曾听过,顿了顿,我装作不在意的样子笑了起来:"亲爱的,你太看得起我了,叫我去选秀?还是考试对我来说比较实在!"

在小白鼠的喂养讨论中结束了通话,我继续向学校走去。过了几十秒,美美给我发来一条彩信。

照片里,被人潮包围着的高高的舞台上,我站在话筒前,望向遥远的前方,果然就像她所说的——一副想吃甜食想得不得了的常年减肥人士终于吃到了一口泡芙的陶醉表情。

我比任何人都清楚,那是另一个我,也是真实的我。

像是点燃了一簇火光,我的心头一热,突然不再平静了。

穿过林荫道,校园的大门离我越来越近,我不自觉地放慢了脚步,头上是一望无际的星空,渺小的我站在这所历史悠久的大学门口,再一次被这沉淀下来的肃穆气息所折服,摇摆不定的心情突然一下子平复了。

妈妈,我要去学唱歌!

爸爸,我要加入一个乐队!

如果我这么说的话,他们一定会目瞪口呆,以为我发疯了,说不定还会把我捆起来,送去精神病院检查呢!

我也无法想象成绩下滑的那一天，同学们会用怎样异样的眼神望着我。老师也一定会失望极了。

"不行，不要再异想天开了！"我摇摇头对自己说，"又不是十几岁的小女孩，做什么明星梦？"

是的，奇迹是不会轻易降临的，命运之神也不会轻易妥协……

CHAPTER 02 第二章 学籍卡卡套里的秘密

上帝远没有你想象的那么好，他在丢给你糖吃的同时还会丢给你一粒老鼠屎。

我的学籍卡不见了！

我把包里的东西统统掏了出来，连最细小的口袋也找了不下十遍，恨不得把包拿到X光下扫描一遍，甚至在回来的路上找了一遍，可是它就像穿越到了异时空，不见了踪影！

我倒在床上，冷静下来之后开始努力回想，几分钟后，我又跳了起来——那个阴暗的地下室！

重新回忆起出门前那仓皇的一跤，当时我低头手忙脚乱地收拾东西，丑态百出，窘迫得恨不得在地上找个缝儿钻进去……

我想，一定是那时候把学籍卡落在了那里！

啊，对了，一定是在那里！

"我的天啊，怎么这么不小心？"捶了两下枕头，我一下子被烦躁吞噬

了,大叫起来。

"芊芊,你怎么了?"听见不寻常的动静,邻床正对着镜子拔眉毛的室友好奇地问。

"我的学籍卡不见了!"我带着哭音控诉。

"咦,你找过了吗?"

"我差不多把整个宿舍都翻遍了!呜呜,我要疯了!"

如同一般人的正常反应,她不以为意地笑了起来:"只是一张学籍卡,最近又用不到,那么紧张干什么啊?明天拿照片去教务处申请重做一张不就得了?"

"这么说是没错啦,可是……"

"可是什么?"

"没什么!"我连忙捂住嘴巴,以免说漏了嘴。

因为我的学籍卡卡套里藏着一个秘密,一个谁也不能告诉的秘密。

那张照片,和生命一样重要的照片,如果被人发现,我会恨不得去跳海!

我不禁把头埋在被子里,小声地责骂自己:"你这个大笨蛋!早知道就不要把那种东西放在学籍卡卡套里了!这下怎么办?"

和樱聊天的时候还提醒自己不要留下把柄,这下好了,学籍卡曝光了,不但姓名、身份一览无遗,连最重要的秘密也……

一想到那些人打开学籍卡,一边围观一边讨论的嘴脸,我就忍不住浑身发抖。

要是让我重新回到那个鬼地方去要回学籍卡,那还不如叫我去撞墙算了!

"芊芊,快醒醒,下课了!"

我在室友的拍打中睁开眼睛,发现周围的同学正齐刷刷地起立,下课铃声急促地响起，我猛地抬起头，发现口水沾到了《园林设计》课本上。

"啊！你真恶心！"室友指着我脸上的口水痕大叫起来。

什么？像我这样端庄稳重的好学生怎么会有这么一天？

一定是最近睡眠不足才会打瞌睡，可是……丢了那么重要的东西，我怎么可能安心睡觉呢？

糗红了一张脸，我像个被人抓到现行的抢劫犯，慌慌张张地抹掉嘴边的口水，但不是因为室友的抗议，而是因为我看见林家雨同学正向我这边走来。

他今天的头发看起来依旧那么清爽，让人好想伸手摸一摸，啊……这种时候，我在想些什么乱七八糟的？

下一秒，他不但把视线落在我的身上，还对我展露微笑，那是我的错觉吗？

这种散发着温柔的男性荷尔蒙的笑容，本身就是一种赤裸裸的诱惑嘛！

面对这非同寻常的笑，我的大脑不禁开始了高速运转，这个笑容意味着什么呢？

我的头发没乱吧？我的脸上没有面包屑吧？我的牙缝里没有青菜叶吧？我的领口上没有豆浆留下的痕迹吧？

不，不，谁会注意这些无聊的小细节啊？

他该不会是发现了我学籍卡卡套里的秘密了吧？

我的学籍卡，会不会是落在别的地方，比如宿舍楼下的草地上、校门口的转角，或者林荫道上的下水道口？

在我苦苦寻找之前已经被人捡走，或许是个男生，更糟糕的是，或许是我们学院的男生？

这就是我这几天日思夜想最担心的事情，因为那张照片上不是别人，就是

这个正微笑着向我款款走来的林家雨啊!

"芊芊同学,听说你昨天被小白鼠咬了?"林家雨走到我旁边问。

"啊!哈哈,讨厌,这么丢脸的事情也被你知道了!"

原来是这件事啊!我大大地松了一口气,这件事虽然也很丢脸,但跟把人家的照片藏在学籍卡套里这种少女情怀的傻事相比,根本是小巫见大巫!

"没事吧?"

"没事,没事,我的愈合能力很强的,已经好得差不多了!"我尽量笑得像个淑女,天知道我的心跳每秒一百三十下,还在不停加速,而我的内心则在大声呐喊:林家雨同学你是不是在关心我?

"呃……你该不会是一边做实验,一边打瞌睡的吧?"

"怎么可能?反正我就是迷迷糊糊的,不知怎么的,就被咬了……"我和林家雨走出教学楼,踏上洒满阳光的林荫道,阳光落在他的肩膀上,像是无数次在我梦境里出现过的样子。

突然,有一个耀眼的东西从我的眼前闪过,循着感觉看去,我看见一个高挑的金发男子在人群中穿梭而过。我有一种奇妙的感觉,这个身影似乎在哪里见过,好像就是我在乐器店里见过的那个男人。

难道他是我们学校的学生?不会吧?这种级别的帅哥,只要见过一面,就一辈子忘不掉。

"芊芊,芊芊?"

"啊?"我回过神来,林家雨已经唤了我好几声。

"看你最近有点儿心不在焉的,该不会是读书读昏了头吧?"

从失神里把自己拉回来,我看见他的眼神里隐隐流露出担忧,不由得感到一丝欣慰。同班三年,我和他的接触也仅止于上下课途中的寒暄和交流学业心得，每次见面说的话不超过十句，可是，他在我的心里却占有至关重要的地位，文艺一点儿的说法就是，如果我的心是一座十平方米的小型秘密花园，那么林家雨就是一棵不大不小的柠檬树，占据了百分之八十的地盘。

向日葵一样的单恋，天天努力地面向阳光，总是会有希望的。

难道，这就是回报的开始？

"没什么啦，就是我的学……啊，我的身体有点儿不舒服……"

啊，差点儿说漏嘴！还好没有把学籍卡的事情说出来，要是让他知道我为了一个小小的学籍卡烦恼成这样，八成会被误会成大惊小怪的神经病！更糟糕的是，要是让他知道我认识那些奇怪的人，那我辛辛苦苦维持多年的知性淑女形象不就毁了吗？

于是，我长长地舒了一口气。

"呃……真的没事吗？"看见我神经兮兮的反应，他奇怪地看了我一眼，担心地问。

"没事啦！我好得很！哈哈，谢谢你的关心，拜拜！"再在林同学面前多待一秒，恐怕我的意志力就撑不下去了！我急着想开溜。

"对了，辅导员叫你到办公室找她哦。"看到我慌慌张张的模样，林家雨又补上一句。

"是吗？哦，谢谢，拜拜！"我抱上书，一溜烟地跑了，就像后面有一百只狼狗追着似的。

什么啊，他是为了告诉我辅导员要找我才跟我说话的吧？

啊，不对，他那担心的表情，分明是那么真诚。

我走进洗手间，用冰冷的自来水拍拍发烫的脸颊，深吸一口气，告诉自己：现在不是花痴的时候！

我用手指捋了一下头顶的乱发,一种不祥的预感缓缓涌上心头——

辅导员找我,究竟有什么事?

"芊芊,你要考A大信息科学专业是吧?"

"嗯。"坐在辅导员的办公室里,我如临大敌,背绷得笔直。

"去年我们生命科学学院一百五十七个学生,参加考研的人有一百三十八个,有四十七个人上线,而最后面试过关被录取的只有三十一人,录取率为百分之六十。而A大信息科学专业去年的录取率据说只有百分之二十六。虽然今年高校扩招,录取名额多了,但考研的人也多了,竞争也更激烈了。如果你不努力,可能连A大复试线都过不了。"

听到这些数据,我的心一沉,看着辅导员的金丝眼镜镜片上闪动着寒光,我缩了下脖子,小声回答:"我知道。"

这意味着如果我不用功,就会被那无情的分数线刷下来。

"那么你最近复习得怎么样了?"辅导员眼里充满了期盼。

"啊,我现在在做《A大历年考研真题集》……"我愣了一下,却撒了个谎。

其实,爸爸给我的那本真题集,从那天晚上开始就一直摊开在第一卷第一页,我再也没有动过。鸟适应飞行的进化十大特征、三碳循环、二十个氨基酸中文名,还有各种各样的代谢途径!更变态的是居然考它们缩写的英文全称!

这几天看见这些试题我就一个头两个大，学这些东西有什么用处呢？

而那个被众人包围着的舞台一直萦绕在我的脑海里，挥之不去，有几次，我甚至梦见自己回到了那个地下音乐室。醒来的时候，我也常常想着在那里遇见的人，樱、岑风，还有薛苏。

我打心眼里羡慕他们，在人生中最宝贵的年华里，他们用自己的努力，做着自己最想做的事，青春不留白。

而我，又在做什么呢？

听见我的回答，辅导员点点头，似乎很满意，又问："听说你这几天精神不太集中，戴着耳塞，点名都没反应，在听什么？"

"我……只是在听英语。"

躲开她锐利的目光，我又撒谎了，如果让她知道其实那天上课我是在听菲儿的新专辑，她不大发雷霆才怪！

更糟糕的是，其实不只是上课，昨天晚上自习，我还一边看书一边听"基音"乐队的歌，这是我一直很喜欢的乐队，原本打算熬到放假再听他们的音乐，但是仿佛被某种不知名的力量牵引着，我鬼使神差地下载了他们的新专辑。

我惊喜地发现这种舒缓轻快的节奏能让我阴郁的心情明亮起来，清淡脱俗的英伦摇滚又不会过于吵闹，能让我在放松的过程中还能静得下心看书，并一直保持清醒而愉悦的状态。

但是，我承认我变得松懈了，不再战战兢兢地塞着耳机听念经似的《考研英语》，然后在那些一成不变的节奏里昏昏欲睡，这样的改变连我自己都感到惊讶。

"是吗？"辅导员眯起眼睛，疑惑地看着我，"不过还是不要这样做的

好，上课就应该好好听课，而且塞着耳机上课对老师是很不礼貌的！"

"对不起，下次我会注意。"我低下头，扮成好好学生的模样。我可不希望每次辅导员走过教室的时候都盯着我看。

"还有，实验室的老师反映你最近好像状态不太好呢，上课精神恍惚，不知道在想什么，还被小白鼠咬了？"

什么，这个意外连辅导员都知道了？真是丢脸哪！

我脸上有些发热，却一时不知道该怎样回答，心里暗暗骂着那只不知好歹的小白鼠，我供你吃喝，在这个房价飞升的时代给你房子住，免缴水费、电费，你竟然还咬我！要咬也应该咬我们的教授才对呀，他才是决定生杀大权的人哪！

"芊芊，别的同学都在努力，如果你再不加把劲，就会被别人赶上的！"

辅导员的表情，让我想到了我妈妈，我不禁皱起了眉。

"我在努力呀！"我突然变得有些不耐烦了。

是的，我一直在努力，努力得过了头，努力得失去了自我，忘记了自己原来的模样。

"那你最近怎么了？是不是遇到了什么麻烦？可以跟我说呀！"辅导员关切地问着。

是的，我想我遇上了麻烦，而且是大麻烦，它扰乱了我原本平和的心境，但是……

"老师，我这么努力，能考上A大吗？"犹豫了几秒，我终于缓缓地开口问道。

她的眼里闪过一丝诧异，摊开手说："那当然了，你的成绩一直不错，在学院里的资质也是数一数二的，只要你加把劲，一定能考上的！"

她真的关心我吗？还是说，我在她眼里也不过是升学率里的一个数字？

"A大……这是我唯一的出路吗？"

"呃……难道你想考别的院校？北师大、中海大这些院校当然也很好，但是老师们都觉得以你的能力，应该能考上A大的！你怎么了？究竟在犹豫什么呢？芊芊，你的父母对你期望很大呀！"

父母的期望就像一张御赐金牌，万用，绝对有效，我顿时被"御赐金牌"那刺眼的光芒晃得睁不开眼睛。

这期望就像一座沉重的大山，已经压在我的肩膀上二十年了。

记得小时候，我拿着九十五分的考试试卷回家，进门却被呵斥了一顿。

"芊芊，你为什么没有考一百分？这些题目这么简单！"

初中，第一次考代数，所有人都叫苦不迭，班上有超过半数的人不及格，我考了七十二分，是班上的第二名，回到家里，却依然要迎接狂风骤雨般的训斥。

"芊芊，考这种分数也敢拿回来给我看！你不觉得丢脸吗？"

……

这种事情发生得太多，最后我就变成了一个考试机器，仿佛我的人生就是考试、考试，不停地考试，而这些考试的终点会是什么呢？

一份稳定、高收入，却毫无激情的工作？

"没什么，老师，大概是我前一阵读书太投入了，觉得有点儿累。"

事实上，我不是觉得有点儿累，而是觉得有些厌倦了。

"嗯，是吗？我知道考研是一件很折腾人的事，大部分人一开始都会比较积极，随着时间的推移，有一部分人会因为复习的乏味而疲惫，随着考试的临近而不安，在这个过程中一定要注意情绪和心理的调节。考研最大的敌人就是

自己,芊芊,你一定要坚持下去,如果有什么问题,可以跟我商量呀!"

我的态度一直很冷静,她似乎看出我有所保留,语气变得有些焦急起来。

我沉默了好一会儿,抬起头,带着探索和渴求的眼神望着她问:"老师,我有时候觉得,在义无反顾地全身心投入去做一件事之前,是不是先想想做这件事的原因和目的比较好呢?"

她倒吸了一口气,接着严肃地回答我:"芊芊,有的时候没有时间让你考虑这些事情,更重要的是你有没有选择。"

是的,我周围的人都认为,只要进了生命科学学院,唯一的出路就是考研,读博,出国留学。这是一座独木桥,许多人在这里跌倒,以至万劫不复,也有许多人选择了放弃。而我现在正站在这座桥上,转身向背后望去——

"读完大学,考上研究生,我又能怎么样呢?这并不是我想要的生活啊!"

辅导员一定没想到一向乖巧的我会说出这样的话,她愣了好一会儿,脸上带着久久不退的诧异:"芊芊,你为什么会这么想?你这么说是什么意思?"

我深深地吸了一口气,说:"老师,最近我越来越觉得我不适合这个专业,一年三百六十五天除了台风停课天天到实验室报到,课本里全是英文缩写,而且学这些东西出门一点儿用处都没有。其实我是一个很感性的人,每次背这些玩意儿都觉得很痛苦,从来没领略到生命的魅力!"

终于鼓起勇气把这些话说出来了,我感到心中无比畅快。

听见我这么说,她更加吃惊了,我的成绩一向很好,学习也很自觉,常常在实验室待得很晚,也从没见我对课业有过什么抱怨。但是,她对我的了解也仅仅止于这里,她根本不知道我在想什么。

谁也不知道我想要什么,也从来没有人愿意认真倾听我的话。

"既然这样,你当初为什么要报考这个专业呢?"

"因为我爸妈!"

我红着双眼从办公室里冲了出来,迎面正好撞在一沓书上。

"啊!"我惊叫起来,看着一沓作业本像多米诺骨牌一样倒塌下来,而它们的主人则眼疾手快地捧牢了它们。

我松了一口气,抬头看见林家雨正诧异地看着我。

"啊?家雨,你怎么在这里……"我突然想起他是系主任的学生助理,"啊,你是来办公室给老师送资料的吧?"

"啊,是,我要把这些带回学生会。"他盯着我的眼睛,"发生什么事了?果然被辅导员骂了吗?"

"没事,只是最近的学习状态不太好,你也知道的。"我叹了一口气,真不想这样的丑态被他看见,但是这个时候,我真想有个可以倾诉的对象啊!

"家雨,你真的喜欢生命科学这个专业吗?你有没有其他的理想?比如……当个书店老板,或者服装设计师什么的?"

"我……不瞒你说,其实我想当个兽医,不过,我父母希望我当个研究院士。我喜欢小动物,只要工作中能接触到这些小生命,我觉得都行啊!"他说着,脸上挂着淡淡的微笑。

"啊……所以说,你还是喜欢这个专业的吧?"似乎被他的情绪感染了,我沮丧的心情变得明亮了一些,这是我第一次尝试着了解他的世界,"喜欢小动物,你真是个有爱心的人啊!"

"反正我已经打算好了,如果考不上研究生,就到亲戚的宠物医院当个医生,帮助可怜的小动物也不错,我还可以一边工作一边考研。"林家雨把目光投向头顶的蓝天说,"每个人的心里似乎都有一个难以实现的梦想,人与人的

区别就在于有的人只是把它当做了梦想,而有的人却把它当做了可以实现的目标。这个世界这么大,为什么只能做一件事呢?只要活着,就可以做很多事,任何想做、能做的事都可以去做,不是吗?"

他突然望向我,眼里含着笑意,我的心顿时如同小鹿乱撞,扑通扑通地跳了起来。被这和煦得像阳光一样的眼神看着,我除了不断地点头说是,还能说什么呢?

"从来没有人对我说过这样的话。家雨同学,我平时太不了解你了,没想到你的心里居然藏着这么伟大的想法,能说出这么深刻的道理……"

我向他投去仰慕的眼神,而他只是腼腆地笑了笑,说:"不要这么说我,我哪有你说的那么厉害……学生会到了,我上楼去了,拜拜!"

他对我挥挥手,转身离去。

我愣愣地站在那里,好半天才回过神来。只怪我的反应不够快,其实我想说的是:"家雨同学,我有没有这个机会,来更加深入地了解你呢?"

好吧,我这个笨蛋,又错失了一个表白的机会!

就像他说的一样,只要活着,就可以做很多事,任何想做、能做的事都可以去做,而我想做的事很多……

我想了想林家雨,我想和他并肩走在林荫道上,不是一次两次,不是一天两天。

不知道为什么,我又想到了乐器店里那个低吟浅唱的男子和那次在学院里的惊鸿一瞥。我想再见到他,见到他那种温柔的神情。我想像他一样,自由地唱歌。

042

CHAPTER 03
第三章
另一个自己

♪

  告别了林家雨,我慢悠悠地朝宿舍走去,东面是巨大的图书馆,于是沿路有许多匆忙的身影抱着厚得像砖头一样的书从这栋陈旧而阴暗的建筑物里走出来。

  这些人有一半以上会去考研,还有读博的,还有一大部分会出国留学。

  "呀,是谁这么缺德把车堵在校门口啊?"

  走在我旁边穿着小背心和热裤打扮清凉的女生盯着前方发出一声惊叹。几分钟前,她就坐在我右边,用最新的"苹果"手机拷走我4G的英文歌曲,十二个月后她就要飞赴澳洲开始新的学习生涯。

  我盯着停在大门外的红色敞篷跑车,这刺眼的色彩与校园显得格格不入,最重要的是,它停车的位置也实在太过挑衅。

  "宝马1系,这车不错。"她眯着眼睛欣赏了一会儿,总结道。

  如果我有四十万,会选择出国,而不是买一辆红色的跑车,还把它开到学校门口,斜斜地堵住大门,让一帮刚下课的大三学生不得不走近它,再绕开它。

  "这辆车的主人一定很爱炫耀。"我带着一丝仇富心态说。

  "啊,如果从车里走出来的是威廉王子,你一定不会这么说。"

  "少来,威廉王子才不会把车停在这种地方呢!"我不屑地说。比起暴发户,我更喜欢绅士。

"可是这车子的主人很有钱，这就够了。"她眉飞色舞，展开无边无际的联想，"如果他跳出来邀你去兜风，你敢说你不动心？"

　　"对于这种把车堵在校门口炫富、没有公德心的人，我只想把手里的《园林设计》课本砸到他脸上。不妨告诉你，我喜欢的类型是踩着爸爸的破自行车的邻家大男孩。"

　　我正说着，看见有两个男同学居然已经站在车子前合影留念了，说不定几分钟后就会在他们的微博上看到这张照片，文字标注着：各位，我买新车了。

　　"哈哈哈！"女生爆发出一阵不可抑制的大笑，"芊芊，你这是哪里来的国宝级别的纯情少女心呀？"

　　是啊！我就是国宝级别的纯情少女心！否则这年头有哪个女生会把暗恋对象的照片塞在学籍卡卡套里随身携带的？

　　想到这里，我突然没来由地烦躁起来。

　　"是芊芊吗？"

　　突然，一个富有磁性的男低音在我耳边响起，虽然很轻柔，但是近得离谱，我这才发现旁边多了一个人，不禁倒吸了一口气。

　　我不知道他是用什么方式悄无声息地接近我而不令我察觉的，但是我可以肯定地说，他一定有一百八十厘米以上，以至于我不得不仰起头去看他的脸。他是那么高，那么瘦，又那么与众不同，以至于我盯着他的时候，失神了好几秒。

　　我见过他！

　　金发、戴着紫色的美瞳、修长的手指和显眼的装扮，我一下子就认了出来，他就是在那家乐器店内抱着吉他唱歌的男人！

　　我的嘴巴张得足以塞进一个鸡蛋了。

而此刻他的神态与我印象中的截然不同，少了一份温柔，多了一份冷清；少了一份亲切，多了一份高傲，甚至……有一种难以言喻的压迫感。

他的身上有着太多危险和诡异的气息，让每一个站在他面前的人都会不知所措。

但重点是他是谁？他怎么会知道我的名字？

"你……"我站在车子前，愣愣地看着他，足足有十几秒。尽管如此，我敢百分之百地肯定我不认识他。

"好不容易搞到了你们系的课程表，在这里守株待兔近半个小时，终于等到你了。幸好你长得很高，否则在这么大的人流量里要找一个女生还真不是一件容易的事呢！"他一边说着，一边自然地把身体靠在那辆跑车上，就好像他跟我是老熟人似的。

"等等，你……"

"什么？原来你有约会啊？"这位刚刚和我一样看傻了眼的好友突然如梦初醒般地大叫起来，打断了我的问话，然后趁我一脸茫然还没反应过来的时候，暧昧地笑着走远了，"那我不当电灯泡啦！拜拜！"

被抛弃的我显得很无辜，也很无助。

"太好了，你和学籍卡上的照片长得一模一样啊！三年过去了，发型一点儿都没变呢！"男人摸着下巴盯着我说。

听见"学籍卡"三个字，我的心脏差点儿从嘴里蹦了出来。虽然眼前这个还未自我介绍就开始对他人评头论足的男人超级没礼貌，但我更关心的还是我的学籍卡。

"请问是你捡到了我的学籍卡吗？太好了！特地让你跑一趟送过来还真是不好意思！现在可以还给我吗？"我立即喜笑颜开，把手摊开伸到他鼻子下面。

"你何必这么急着要回来？到地下室泡一杯咖啡，聊聊天再带走它，或许是更好的选择呢？"他挑挑眉，缓缓地说着，眼眸里闪过一丝狡黠的光。

天啊！我听到了什么？

我飞快地捕捉到那个词——"地下室"，不敢相信这个噩梦般的词再次出现在我的生活里，而且是由我面前一个怪人嘴里说出来的！

而我的学籍卡有百分之九十五的概率是在那个鬼地方弄丢的。

那么就意味着——我盯着这个从容而陌生的男子，突然想起了几天前樱对我说过的话："哦，今天他不在场，但是有机会你会见到他的。"

难道……

"啊，你是——"于是我突然指着他的脸，大叫起来。

他把一根手指头放到他薄薄的嘴唇上，示意我降低音量和注意形象，说："你好，我叫溪原，溪水的溪，平原的原。跟你所想的一样，我是'爱的期限'乐队队长。"

这是在开玩笑吧？我简直不敢相信自己的耳朵——

一想到眼前这个家伙就是教唆手下粗鲁地对待淑女、似乎还黑白两道通吃、传说中神出鬼没的乐队队长，那个坐在乐器店里拨弄着吉他唱着情歌的温柔形象顿时在我脑中崩塌成了尘埃！

不过，至少他长得比我想象中斯文，没有可怕的文身，脸上也没有刀疤，身上更没有带着枪，而且，还是个大帅哥……

"你……好……"我不情愿地说出这句问候语，这个时候才自我介绍，难道不嫌太晚了一些？但是不可否认，这家伙有着和我那天看到的乐队成员相似的气息，怪不得我一见到他就有种似曾相识的感觉。

尤其是……那种从来不在意自己有多么显眼、我行我素的特质，那张脸上分明写着"哪怕围观群众越来越多也没关系，反正我就是这么引人瞩目"。

光是用眼角的余光，我就看见四五个同学围在了四周，有看车的，有看人的，有两个都看的，当然，也有看我的。

我甚至听见手机拍照的咔嚓声在我身后响起，那些富有想象力的议论不用去听，我大概也能把内容猜出个八九不离十。

"咦，那不是芊芊吗？她怎么会认识那样的人？"

"那是谁啊？好帅，好像艺人哦！"

……

没来由地，我的脑中又回响起岑风说过的话——

"好吧！他不是什么大明星，不过你要是真的见到了他，说不定会迫不及待地加入我们乐队哦！"

我想，他的意思大概是，他们的队长帅到了一定程度，是个雌性只要看他一眼，都会神魂颠倒！

好吧！他确实长了一张好看的脸，但是很抱歉，我可不是花痴！

"我说，我们能换个地方说话吗？我不管你是谁，拜托你还是快点儿把东西还给我吧！"我再次把手伸到他面前，这次手指差一点儿就能碰到他的下巴了。

"换个地方，可以。"他看了一眼驾驶座，"我正有此意。"

什么？原来这辆车还真是他的！

我觉得我背上的汗已经冒了出来，背后一片湿冷。

"拜托，我可没有时间陪你去地下室喝咖啡！请你把学籍卡还给我，现在，立刻，马上！"我挺直了背脊，提高了音调。

他耸了耸肩，说："抱歉，我没有带出来，那么想要的话，就跟我来拿吧！"他说着，把车门拉开。

"啊！等等！你的意思是说，你在学校门口等了半个小时却没有把我的东西带出来？这是什么逻辑……"我几乎要破口大骂了，激动地飞扑上去，谁知他的动作比我还快。

我还没反应过来，就被他像小猫一样拎了起来。

"啊——"我在天旋地转中爆发出一声尖叫，活了二十年，还是第一次被人这么粗暴地对待。他就像对待一个结实的大垃圾袋一样，下一秒就把我摔在了富有弹性的车座座垫上，害我悠悠地反弹了两下，然后他敏捷地坐了进来，快速发动车子掉头，于是我眼前的一切变成了一道道飞旋的光影，包括那些同学表情各异的脸。

她们大概很羡慕我可以坐上红色的敞篷跑车，但是她们都忽视了我被吓得惨白的脸。

"绑架！你这是绑架！"我艰难地从座垫上爬起来，冲他大叫。

"我觉得你最好闭上嘴巴，系好安全带。刚才忘记给你系上了，真抱歉。"他瞥都不瞥我一眼，冷静地说。

我倒吸了一口气，是的，刚才那些女孩们只看见我被塞进这辆车，车上坐着一位英俊又多金的男士，但是如果她们知道他不顾一位女士的感受，做出这么无礼的举动而完全没有反省的意思，不知道又会作何感想呢？

"你果然跟那帮人是一伙的！上次跟踪我，这次又硬把我塞到车上，你们是黑社会吗？到底想干什么？"一边系上安全带，我一边问。如果我在车里发现一把枪，那绝对不值得我吃惊。

回想这帮家伙的行径，我只能用"匪夷所思"来形容。这些人的脑回路一

定和正常人不同，或许和蛮荒时代原始人的脑电波能相通呢！

"放心，我不会吃了你的。"他终于瞥了我一眼，只是眼神里带着一丝嘲讽，"你太呛了，不好入口。当然，我也不会把你分尸抛在天桥下，你的骨头一定很硬，普通锯子锯不动。总之，乖乖跟着我，你就知道了。"

他一边说，一边把车开得飞快，车呼啸着在大马路上驰骋，险象环生。

"我承认你的开车技术很厉害，但是你能不能开慢点儿！"在经历两到三次的急转弯之后，我终于忍不住冲他大叫，"像你这样开车早晚要撞死的！"

"啊，确实，你现在所看到的这辆车是新的，不是因为我喜新厌旧，而是因为上次那辆被我撞到一个大桥墩上，车头都扁成苏打饼了。"他耸耸肩说着，在红灯前停下来。

在无法判断他根本是在瞎扯淡吓唬我寻开心还是确有其事的情况下，我选择安静下来。

"如果你实在受不了，想回到学校继续过你那无趣的生活，我现在就让你下车好了！"他侧过身子，手撑着脑袋，以一种慵懒而轻松的姿态对我说。

他的眼睛里分明告诉我：连迎接这种挑战的勇气都没有，胆小鬼！

我深深地吸了一口气，问："还有多远？"

谁怕谁啊，乌龟怕铁锤！

十几分钟后，车穿过了两条老街，却笔直地驰向了陌生的区域。车速终于慢了下来，缓缓地向一栋红色砖墙的高大环形建筑物前行，高高的围墙外面，分明写着几个大字：爱之声音乐学院。

原来这里就是爱之声音乐学院！

在这座城市住了二十年，来来去去，当我无数次徘徊在博物馆的长廊里，却不知道原来向窗外望去，一眼就能见到爱之声音乐学院！

我也想象不到，原来这所孕育着无数音乐家的学院，是这般朴素的模样！

"啊！你不是要带我去地下室吗？"看着眼前完全不熟悉的风景，我突然想起来。

"你对那里就那么执著吗？"他直直地看着前方，一脸冷峻的表情，"今天我带你去更好的地方。"

这句话怎么听怎么都像是人贩子的台词。我不禁后背一凉，刚刚松懈的神经又紧绷起来。这些家伙做事都不按牌理，即使把柯南的推理用在他们身上，也摸不清他们的最终意图。

我正思索着半个小时后我会变成什么样，突然看见道路的前方有人出现。一个穿着背心短裤、烫着爆炸头的男生和一个穿着灰色长裙、留着披肩长发的女孩正迎面走来。

干脆举手求救算了？我正诧异自己怎么会冒出这个白痴一样的念头，下一秒就庆幸自己没有这么做，因为这两个学生正愉快地向车上的"绑架犯"挥手，微笑——

"溪原，什么时候买的车啊？"

"真漂亮！"

原来这两个人跟溪原是一伙的！

接着，前方不知从哪儿冒出来的一群人更是亲热地在五十米外就冲溪原招

起手来。

"溪原！嘿！要不要跟我们去喝咖啡？"

"哟！你车上的美女是从哪儿拐来的呀？"

"溪原，车很棒嘛！"

这是怎么回事？眼前的场景，就好像在这个学院每个角落出现的生物，都认识溪原似的！就连路旁灌木丛上爬着的七星瓢虫也是他的党羽！这个家伙有那么出名吗？难道整个爱之声音乐学院都是他的地盘？

一路上，我的脸上一直挂着不知所措的表情。当然，我一点儿也不想被这些奇妙的生物当成溪原的女朋友，我只是一个无辜的、人身安全时刻受到威胁的、一百个不情愿的……肉票……

而这个坐在红色宝马1系敞篷跑车驾驶座上，以王子出巡的姿态向他的拥戴者们挥手致意的男人，根本无视我的表情，自顾自地把车停在了一栋教学楼前。

"哦，溪原，你的口味什么时候变得这么清淡了？"从水泥台阶走下来一个瘦得像竹竿一样的男生，远远地和他打招呼。

清淡？这究竟是夸奖还是贬低？

我抑制住心中升起的无名怒火，尽量保持平静的表情。我瞪了一眼那个男生，又瞪了一眼溪原，这个家伙看都不看我一眼，就径自啪地打开车门下了车，好像坐在副驾驶座上的我不过是他载到中转站的一个大垃圾袋，而完成任务的他正要去泡一杯咖啡。

"啊，一点儿也不清淡，里面是满满的芥末粉！我可不想在学校里满世界找水喝呢！"溪原用一种轻松自然的语调回答着，而坐在车上的我，一点儿也不轻松自然。

如果我是一个芥末包，真想现在就撒一把芥末在他脸上，好看看他龇牙咧嘴的表情！

看见他一点儿也没有为女士弯下腰打开车门的意思，我突然意识到这种绅士的举动不太可能出现在一位绑架犯身上，于是我只好自己打开车门，从这辆令人窒息的红色跑车里走出来。踏上这块神奇的土地，我的腿不由得有些发软，因为刚才在路上实在消耗了太多的卡路里。

"芊芊！"

随着一声女性的高声尖叫，我突然碰到了一团软软的东西。

"芊芊，我就知道你会来的！太好了！"

我愣了一下，才看清紧紧地抱着我、几乎要把我勒得透不过气来的物体是几天前见过一面的樱，而那团软软的东西则是她胸前可观的胸部。

樱的热情让我在这个外星领域般的地方感到一丝来自人间的温暖，但是，对只见过一次面还一脸倦怠的我，热情得调用全身的力量值得吗？

"拜托，我是被挟持来的！呃……事实上，我只是来拿回我的学籍卡。"我用十分冷静的语调说着，内心希望下一秒这个热情的姑娘就能从怀里掏出热乎乎的学籍卡交到我手上，接着我就能扭头拔腿往回跑！

但是，我知道那是不可能的。

"樱，蓝老师还在吗？"差点儿被我忽略的溪原突然对樱打了个响指。

"她一直在等着呢！"

溪原吐了一口气，看了我一眼，说："很好，我们终于可以开始了。"

完全被蒙在鼓里不知所措的我听见这句话，就像屠宰场里的猪听见主人说"可以准备开水了"，完全搞不清状况。

一头雾水的我，被樱啪地一掌推进了教学楼。

"跟上溪原，去拿回你的学籍卡吧！"

我抬头向前望，溪原脚下生风，才一会儿的工夫，他已经站在高高的台阶上，用审视的目光居高临下地看着我，一副"你怎么还不跟上来"的表情。

我连忙跟上他的脚步，接着三个人走进了电梯，把自己关进一片令人窒息的死寂。

他稳稳当当地站在角落里，一点儿破绽都没有，攻守完美，神情冷漠。看来看去，我恨不得在他脑袋上看出一个窟窿，却绞尽脑汁也不知道为什么拿个学籍卡要搞得这么复杂，就好像我不是去拿一个学籍卡，而是跟着大祭司前往祭坛参加一个神秘的宗教仪式。而我，是大祭司的助手，还是这场仪式上的祭品小羊羔呢？

我深吸一口气，既来之则安之，反正我已经踏进这个圈套了，至少要拿到想要的诱饵再想办法全身而退吧！不亲手拿到我的学籍卡，我是不会轻易离开这里的！

电梯门在十四楼打开。走廊很长，这里安静得像座坟墓，只有中央空调在嗡嗡作响。我搓搓发冷的手臂，跟着樱走进一个宽敞的房间。

眼前一排白色的梳妆台，衣帽架子上挂满了各式奇怪的衣服，像一棵五彩缤纷的圣诞树，柔和的灯光下，几颗顶着夸张假发的假人头显得格外突兀。

我想，这里是化妆室。

第二张化妆台前坐着一个高个子的女人，她只是穿着简单的T恤和长布裙，长长的黑发挽成一个优雅的花苞髻，脸上带着浅浅的笑容。她的气质让我仿佛嗅到了森林里的清新气息，她的眼神像是沉淀了许多岁月却仍然保持着溪水一样的清澈。我想，她的来历一定不简单。

"蓝老师，她就是芊芊。"走到她的身旁，溪原向她介绍，接着对我说，

"芋芋，这位是我们学院的蓝星蓝老师，她是化妆师。"

"呃……老师，您好！"既然是老师，我只好怀着对教育工作者的敬意，打了个招呼，微微地鞠了一躬，但心里却犯起了嘀咕：这群人究竟要干什么？

"芋芋，蓝老师很厉害的，她在国际上获过奖，为很多明星设计过造型哦！"樱一脸兴奋地说。

"哦……"我绞着手，不知道该回应什么。无论她创造过多少丰功伟业，如何名满天下，我对蓝星这个名字可是一点儿印象也没有，化妆师什么的和我一点儿关系也没有，不是吗？

我只是满心牵挂着我的学籍卡，好像一百只喝不到奶的小猫在心里七上八下地抓挠，这些人却一点儿都不着急似的，尤其是樱，脸上还挂着诡异的笑容。

"喏，你就坐这儿吧！"

一头雾水的我被樱一双柔软的小手按到了一张化妆台前，一屁股坐在椅子上。我抬头一看，樱依旧笑眯眯地盯着我，溪原摸着下巴一个劲儿地看着我的脸，而这个叫蓝星的女人也不停地打量着我，叫我心里不由得一阵发毛，不禁联想起养殖场里的猪圈前，三个人正暗暗地讨论着，究竟是猪蹄好吃，还是猪肝好吃，要不再来点儿猪耳朵？

正搞不清状况呢，蓝星已经站到了我的背后，马尾辫的皮筋突然被拆走，刷地披散下一头疯子样的乱发。我顿时绷直了背，对着站在我左后方的溪原瞪起眼。

"还是处女发，从来没有染烫过，对吧？"蓝星用温柔的声音对我说。

"呃……是，染烫对头发不好，而且我也不会打理。"我小声回答。

"看得出来你不会打理，不过这年头坚持不染烫的女孩子还真不多见了。"

但即使这样,你的发质也没有好到哪里去嘛!"溪原伸手捞起我的一缕头发,皱皱眉说,"这么粗这么硬的头发,你是用肥皂洗的头吗?"

"喂!你究竟要做什么?"我扭过脸,口气已经是明显的不快,"我是来拿学籍卡的!为什么我现在要傻傻地坐在这里让两个人摸我的头发啊?"

"啧啧,女孩子不要那么暴躁,不然会找不到男朋友的。"溪原眯了眯眼睛,缓缓地说,"现在你有两个选择,一是带上你想要的东西,马上离开这里,放弃一个世人艳羡的机会;一是乖乖闭上嘴,坐在那里等着蓝老师给你变魔术。我们不会把你吃了的,无论被劫财还是被劫色,你都没有优势。"

活了十九年,还是第一次遇到嘴巴这么刻薄的男生。我刚瞪了他一眼,蓝星便摸了摸我的刘海说:"溪原,对女孩子要温柔一点儿啊!这位本来就是小美女,看你皮肤这么好,眼睛又漂亮,只要稍微打扮一下,就能上得了台面哪!"

蓝星抚慰人心的话成功地让我平静了下来,这位气质不凡的女性仿佛天生就有种安定人心的力量。我乖乖地坐在那儿,让她拨弄我的头发,只不过,我心里挂念的事一直没放下。

眼前突然寒光一闪,回过神来,蓝星的手里多了一把剪刀。我心里一惊,捂着脑袋大叫起来:"你要干什么?"

溪原嘲讽似的勾起唇角,用不屑的眼神瞥了一眼我的头发,说:"用不着露出一脸惊恐的表情吧!又不是要割破你的喉咙!我说,你的刘海大概超过三个月没有打理了吧?顶着这种老土的发型,难道你一直没有觉得吗?"

确实,我从来不怎么打理自己的头发,每天早上拿根皮筋把长发束成一条马尾,简简单单、清清爽爽地就出门去了,这样不是很好吗?有他说的那么糟糕?

"刘海确实很重要，起码两个星期要修剪一次。来，我给你打理一下吧！"蓝星微微一笑。

听了她的话，我吐了吐舌头。我每天忙着读书、写题、上课、背公式，哪有那么多时间去管这些事情？再说了，打扮好了给谁看呢？

"别动哦！我要剪刘海了，你最好闭上眼睛哦！"

蓝星的剪刀在我额头前挥舞起来。

我闭上眼睛，一缕缕头发有节奏地刷刷落下。

她的动作轻巧而娴熟，手指和剪刀仿佛融为一体，变成一道柔和的风轻轻拂过我的头发……

"好了，这样就算基本完成了！"

像是听见催眠师提醒结束的响指，我心情忐忑地睁开眼睛，紧接着我睁大了眼睛，看着镜子里的自己，差一点儿"啊"的一声惊叫出来——

这是我吗？

十分钟前那个刘海贴着头皮，一头长发乱糟糟，像是从鸭棚里钻出来的乡下姑娘去哪里了？蓝星把我无精打采的长刘海剪短了，现在它齐齐地盖在我的眉毛上，又乖又服帖，而我的一头长发经过几下修剪，卷发棒一热，定型水一抓，吹风机吹几下，居然一眨眼变成了时髦的发型！不得不说，蓝星真像一位魔术师，她巧妙的想法和精湛的手艺彻底让我折服。

"芊芊,好棒呢!没想到,你很适合厚刘海和大波浪呢!"樱用力拍手说。

"因为她的脑门比较宽阔,脸型尖长,所以我给她剪了个厚刘海。另外,我还是建议你把头发烫染一下,可以改善较粗硬的发质。烫染其实没有你想象中的伤害那么大。你烫卷很好看,真的。"蓝星说。

我站起来贴近镜子,眨了眨眼睛,是的,厚刘海衬得我的眼睛又大又圆,原本尖长的脸部轮廓也柔和了许多,头发蓬度正好,看起来不只活泼多了,还至少年轻了两岁!我突然察觉到,原来发型对一个人的形象如此重要,十分钟的改变,居然能让我一下子从一个书呆子、土气女,变成了甜美日系的小女生!

我突然想到,一直以来,我都是作为一个考试机器存在于这世界上,几乎没有把自己当成一个正值青春年华的女青年来好好对待啊!

啊,不是几乎,是根本没有!

"蓝老师,你真的好厉害!我感觉自己像在做梦一样!"我盯着镜子里那个近乎完美的发型,几乎舍不得移开眼睛。

"芊芊,很可爱哦,好像洋娃娃一样!"樱看着我,眼里闪着兴奋的光。

我苦笑了一下,是的,我确实像个洋娃娃,被他们摆弄着,而我从镜子里也瞥见溪原正用意味深长的眼神看着我。

正当我猜想他下一步会怎样折腾我时,下一秒我就被推进了另一个房间。

从那些凌乱的道具和随意丢弃在沙发上的衣服看,我猜这里大概是某个表演场地的后台。我走进去的时候,有十几双眼睛齐刷刷地望向我,个个都是奇装异服的帅哥美女,角落里还站着一个正在练声的女孩。

房间里的一切都充满了活力和艺术气息,我猜,这大概是在上课,又或者有什么活动。不过，这些跟我没关系。

抱着吉他的岑风正端坐在沙发上，他抬头看看换了发型的我，说："优等生，你不是觉得玩乐队的工夫不如背书考试吗？怎么有闲工夫大驾光临？"他表情暧昧地把目光停留在我背后的溪原身上，"你难道真的被我们队长的美色打动了？"

看来我在这里并不是受到每一个人的欢迎，突然察觉到是自己的无主见让我陷入此刻尴尬的境地，我突然后悔半个小时前没有果断地从溪原的车上跳下去，以至于现在面对这么赤裸裸的嘲笑，居然只能咬着下唇瞪大眼睛，说不出反驳的话来。

美色？

好吧，我不得不承认溪原是个帅哥，他不输给任何一个言情偶像剧男主角。这个世界有一个规则，那就是雄性动物往往比雌性要生得艳丽。但是还有一个规则，那就是越美丽的东西越有毒，靠得太近就有可能遭到迫害！

啊，这么说似乎有些太过分了。总之，他绝不是可食用级别的，应该是适宜重口味人群的药用级别！

"我只是来拿回我的学籍卡的。"

他不屑地轻笑一声，自顾自地把吉他放在沙发上。

"我只是想你把它从口袋里掏出来，轻轻地放到我的手上，费时三秒，然后我说声'谢谢'，转身离开回到学校。这个卑微的要求，你该不会也做不到吧？"

"哦，是吗？"他冷冷地看着我，一脸的不信任。

这都是些什么队员啊？我质疑地望向溪原，啊，不，这一刻，我几乎是用求助的眼神望向他了，"那个，队长，你不是说要带我来拿学籍卡的吗？"

溪原并没有注意我和岑风的谈话,我抬头的时候,花了五秒的时间才在屋子的一角找到他。他站在一排挂满演出服装的衣架子前埋头翻找着什么,听见我的问话,只是抬了抬眼皮,敷衍地说:"嗯?难道你不是被我的美色打动才来这里的吗?"

我翻了一个白眼:"我难道不是被你骗上车的吗?"

"溪原,你不可以欺负芊芊哦!你看人家急得要浑身发抖了!"樱再次扑过来,搂住我的肩膀,然而她的笑容好像什么都知道一般狡黠,或许是我的心理作用?

"岑风,她确实是来拿学籍卡的,应该就在这里吧,你帮她找一下。"坐在沙发上的薛苏说。他看起来是在场人士里最正常的一个。我吐了一口气,不得不庆幸终于有人说了一句比较靠谱的话,但是岑风依旧没有行动。

"放心吧,就算里面夹了一张三百万的支票,我们也不会赖账的。"薛苏又说。

于是,我走到岑风面前,把手掌摊到他鼻子下:"那现在可以还给我了吗?"

"怎么,那么着急,赶着回去自习?"他后退一步,看了看我的手,说,"哦,你的命运线生得不错呢!"

"还给我!"真不明白,讨回一个小小的学籍卡,怎么就那么难呢?

似乎是被我坚定的目光所打动,岑风的表情终于严肃起来。他直起身子,看着我,沉默了几秒,摊开手说:"东西不在我这里。"

"你确定?"我惊讶地看着他。

"总之别找我拿。"岑风指指溪原,"你最好问问他吧,是他拿走了你的学籍卡,不是吗?"

我转过头去，看见溪原一副若无其事的样子，依旧在衣架旁徘徊。

他明明听到了！

我想我被耍了，回想今天闹剧般的一幕幕：我像垃圾袋一样地被丢到车上，来到了一个完全陌生的地方，让不认识的化妆师剪了头发，然后像白痴一样对着镜子里的人儿咬着嘴唇眨巴眼睛，前前后后折腾了一个多小时，然而直到现在，我仍然没有拿回学籍卡。

想到这里，我就有股冲动，把眼前这个大骗子一拳打到天上去！

不，这里的每个人，根本都是一伙的，都是不折不扣的绑架犯、大骗子！

我还待在这贼窝里干什么？

于是，我转身就往门口走去，大步流星。

"等等！"

我的手突然被人拉住了，那掌心所传递来的灼人的热度不由得让我吓了一跳。我回过头，迎上溪原突然变得认真的眼神。他凑近，脸离得很近，我嗅到了他身上若有若无的香水味，像海上拂过的风，带着被阳光直射过的沙滩的腥咸味道。

第一次和这个冷面帅哥亲密接触，我不禁变得紧张起来。

"我知道你的秘密，但是我会保密。"他在我耳边小声说了一句。

我倒吸了一口气，窘迫又慌张地抬头看了他一眼，把我的秘密攥在掌心的他冷静又从容。我站在那里，半晌都说不出话来，令人窒息的沉默像一面倒塌的墙向我压来，我动弹不得，完全傻了。

我的反应似乎令他很受用，溪原的嘴角微微向上提了一个弧度，看着我的眼神变得玩味。那一刻，从我的表情里，他似乎已经明白了，这个所谓的秘密就是我的"死穴"，有了这张王牌，无论前方是怎样的陷阱，我都会踏进去。

而我……完蛋了。

"把你身上那件超市促销大减价抢来的衣服脱掉。"溪原居高临下地看着我说。

"什么……你要干吗?"我抓紧领口用看变态的眼神看着他,警觉地说。

"樱,带她去换衣服。"溪原无视我,把一件抹胸纱裙递给樱说。

"走吧!"

我还没来得及反抗,就被樱勾住手臂,拖进了更衣室。

几分钟后,我别扭地站在镜子前。

常年穿T恤牛仔裤,运动鞋边上还沾着一块泥的我,衣橱里称得上裙子的东西用一只手就能数清,而且还是最保守的款式,一下子跳跃到裸色抹胸小礼服蓬蓬纱裙,这不等于是让一个常年吃素的人突然去咬一大口肥肉吗?

"樱,这个裙子……是不是太露了点儿?"我摸了摸自己光溜溜的肩膀,小声问。

"可是,你的肩膀很有骨感美啊!美丽的东西就不要藏着掖着,要展现出来才不会资源浪费呀!"樱冲我眨了一下眼睛,伸手把我的长发拨到胸前。

我睁大眼睛看着镜子里这个裙摆飞扬的甜美女生,怎样也不能把她和上午出门时那个扎着马尾、穿白T恤、破牛仔裤、脏板鞋的形象联系在一起。

"来,穿上这个。"樱递给我一双裸粉色的高跟鞋,"可能偏小哦,忍耐一下。"

我看着那双目测有八厘米的高跟鞋,怎样也不想把脚伸进去,但是,最后我还是做了。

这是一个噩梦,还是美梦?我迷惑了。

我只是想拿回自己的学籍卡，然后以最快的速度逃离这个令人压抑的地方，逃离奇怪的绑架团伙的魔掌。但是，我像是被某种看不见的力量诱惑着，舍不得身上一个又一个潜在的惊喜，它们像烟花一样在我头顶绽放，巨大的声响吓了我一跳，一抬头却又被它们在夜空中盛放时璀璨的模样所迷惑。

从更衣室走出来，三个男生都惊叹地看着我，岑风也放下了手里的烟，瞪大眼睛说："没想到还不错嘛！打扮打扮，丑小鸭也变白天鹅了呀！"

被这么多人热切地盯着，我不自在地缩着肩膀，有些不好意思，如果这是个噩梦，那么到目前为止都还不算太糟。

"你到底想干吗？发型换了，衣服也换了，把我当洋娃娃玩够了吧？学籍卡呢？"我转身把手伸向溪原，发现此刻的他脸上正挂着一丝淡淡的笑，我不禁开始幻想，或许他没有那么难相处。

"学籍卡？会给你的，但不是现在。"他伸出食指在我眼前晃了晃。

我翻了一个白眼："难不成还要我给你们跳个舞？弗朗明哥舞还是孔雀舞？"

"不，那太难为你了！今天冒犯你，给你带来不便，我表示抱歉。"溪原缓缓地说，"听樱说你有一副好嗓子，很适合当我们的主唱。我没有别的意思，只是不希望人才被埋没。"

听见他的话，我愣了一下，原来这就是他带我来这里的真正原因。

"这个时代，是最好的时代，只要你有才能，能选择去做的事情就有很多。"溪原顿了顿，又说，"所以，唱首歌吧！让我知道你的实力，我就能告诉你能到达的高度。"

"我……凭什么……"我的质问很犹豫，因为我的心已经被他的话打动了，只是我依旧坚持着我的姿态。

"过完最后这关,我就把东西还给你。"溪原胸有成竹,一点儿也不担心我不配合。

看来我是被吃定了,想到这里,我的背上不禁开始冒冷汗。

"好吧,唱什么?"

"你就唱你在街头演唱会被邀请上台时唱的那首歌吧!"

"现在,在这里吗?"

"不,场景还原,让我看看你当天的状态,是以什么样的表情面对台下的听众唱歌的。"

"什么?你在开什么玩笑?场景重现?这是哪个电视台的整人游戏吗?"我觉得自己快疯了,"难道你要我现在冲到街上去,拉几百个人来听我唱歌吗?"

"不,你只要唱歌就行。"溪原说着,把我拉到了房间的一角,指着一条狭窄的楼梯说,"上去。"

"那里是哪儿?"面对未知的房间,我本能地向后退缩。

"不用管那么多。"溪原把我推了上去。

我不情愿地走上楼梯,从上面传来一阵声响,越往上走,就越大声。

接着,我走到了楼梯的尽头,终于窥见了另一个房间的情景。

我简直不敢想象眼前的场景,这不是一个房间,这是一个足以容纳几千观众的大礼堂!

而这道短短的楼梯,就连接着几百平方米的舞台和后台!

愣了几十秒,我咚咚咚地从楼梯上狂奔下来,冲溪原大叫:"你疯了吗?你要我上那儿干吗?"

"我说了,场景还原嘛!如果你想展现自己的实力,那么一个足够大的舞台就能证明你的一切。"溪原理所当然地说。

"场景还原？那里可是一个大礼堂，下面还坐着人，不是一个两个，是密密麻麻的一片！这是怎么回事？"

这其实是某个电视台的蹩脚娱乐节目搞出来的整人游戏吧？饶了我吧！我只是一个普通的大三学生，难道考研给我带来的压力还不够折磨人吗？

"啊，是这样的，我们每年夏天都会举办一场音乐庆典，没有节目单，任何人、任何时候只要愿意就可以上台，快去吧！表演了有奖品的，可以抽奖哦！"岑风站在溪原身后笑嘻嘻地说，似乎正期待着我出丑，"溪原已经帮你拿了号码牌，你不上场，拖着别人的节目，可是要遭人骂的！"

"我……"我还想说什么，来不及反抗，就再次被推上了舞台。

迎接我的是一阵雷鸣般的掌声和耀眼的灯光，我的头皮一阵发麻。

顶着僵硬的表情，拖着发软的双腿，我缓缓走到了舞台中央。

面对庞大得像个巨兽的礼堂，我觉得自己渺小得就像一只蚂蚁。

熟悉的音乐在我身后响起，这是我那天在街头唱过的歌。

我的脑中一片空白，没有多余的时间思考其他的问题，我默默地告诉自己：豁出去算了！反正台下的人又不认识我，最多我只是成为他们茶余饭后的笑柄而已。

只要唱歌就行，无论在什么地方，面前站着什么人，只要唱歌就行了。

这么想着，我平静了下来，前奏结束，我开始唱歌——

接下来的几分钟里，我甚至不知道自己唱了些什么，每次放声歌唱，周围的一切都会变得淡淡的，甚至模糊起来，就像世界只属于我一个人的，而我总是全力以赴。

我喜欢这种感觉，就像现在。

♪

　　我简直不敢相信，我在一个几千人的大礼堂，一个人完整地唱完了这首歌。

　　从舞台回到后台，下楼梯的时候，瘫软的双腿几乎无法支撑我的身体。

　　溪原站在楼梯的尽头，比以往更认真地看着我，他深邃的目光就像要直接看穿我的灵魂。

　　"你唱得很好嘛！就一个没有受过专业声乐训练的人来说，音域天生这么广的人并不多见。"溪原走过来，拍了拍我的肩膀，轻轻地揽住了我。

　　没想到他会这么动容，面对迎面扑来的帅哥美好的肉体散发出来的大量雄性荷尔蒙，我顿时浑身僵硬得像一尊木乃伊，那一瞬间我嗅到了他身上淡淡的古龙水味道，心跳猛地加速起来。

　　这是完成演唱的奖励吗？

　　如果是这样的话，那我算是赚到了呢！

　　不过溪原所在的音乐学院，称得上是美女如云，明星胚子一把一把的，我这样的小虾米，他一定不放在眼里吧？

　　他一直都这么热情吗？还是说，拥抱只是他的习惯性动作而已？

　　不管怎么说，这个拥抱算是对我的最高评价吧！身体语言有时比口头语言更加直接，更加容易理解。我突然一下子觉得和他们的距离拉近了许多，心里的某一处居然也开始变得柔软起来。

我不是一个人，这里有着这么多、这么多喜欢音乐的年轻人。

"谢谢你给我们的音乐庆典带来了欢乐。"溪原说着，暗暗地把一个小小的东西塞到了我的手里，结束了这个短暂的拥抱，"但你还是要接受一些这方面的技巧训练，不然照你的方法唱下去，多唱个几首，嗓子就会受不了的。"

脸上一阵发烫，我摊开掌心，那是我的学籍卡。我不动声色地捏了捏封套，摸到了轻微的熟悉的凹凸，东西都在，我终于长长地松了一口气。

"你想不想唱得更好，让更多的人听到？"溪原问。

"我……"

事实上，谁不想呢？

我早就能听见内心的答案，但是……

"你的眼神告诉我你想，那么，加入我们乐队吧！"溪原又说。他的声音是那么动听，对我来说，带着十足的煽动力。

"芊芊，我相信我们乐队就是为了等待你的出现而存在的，你还在犹豫什么？快说愿意啊！"樱抓着我的肩膀摇晃着。

"是啊，芊芊，你的底子很好，甚至不输给现在歌坛上的新人，为什么要放弃上天赋予你的礼物呢？"薛苏说。

"你傻呀！有这样的机会都不答应，后悔就来不及啦！"岑风有些着急地大声说。

"可是……"我被这突如其来的猛烈攻势弄得几乎无法招架，只能傻傻地站在那里。

舞台如此闪耀，而我又是如此渺小，他们的劝说会不会只是花言巧语？

"芊芊，不会花你太多时间的，我还不是每天放学来这边，就练一个半个小时的，没什么关系啦！读书也需要劳逸结合啊！"樱说，"你可以先加入一

段时间适应看看哪!不试试怎么知道?"

这种最贴近我生活诉求的劝说,更是让我有了一点点小心动。面对四双火热而期盼的眼睛,我终于深吸一口气,鼓起勇气说:"好吧,给我三天时间考虑,好吗?"

我的生活就此颠覆,而我的人生会不会因为这个决定而变了模样?

我有些迷茫。

CHAPTER 04
第四章
图书馆里的巧遇

♪

　　成功取得学籍卡并不意味着苦难的结束，被溪原用跑车高调地送回学校，原本平静的生活就像被丢进了一块大石头，涟漪在不断扩大，久久不息。

　　先是我变得过分可爱的发型和红色跑车的话题为我带来了许多猎奇的目光，而那些目光又在和我交锋之后纷纷闪躲了，其中有艳羡的，也有不屑的。

　　整整一夜，我都无法入睡，塞上耳机，让自己沉浸在英伦摇滚的音乐声中，但是伴随着这轻快的节奏，零碎的画面不停地向我涌来：弹着吉他的灵巧修长的手指、狂舞的鼓棒、鼓手那在强风中翻飞的骷髅图案领带，还有炫目的舞台和溪原那个热情的拥抱。

　　第一次与陌生的异性亲密接触，我毫无心理准备。

　　大概学艺术的人都比较感性吧！因为无论画画还是唱歌，都必须把感情投入到里面去。如果不能把所有的感情投入所要演绎的曲子，那么作品听上去也无法打动人心。

　　这一天里实在发生了太多事情，以至于我一下子无法让自己从那近乎梦幻的精彩场景中脱离。

　　一夜无眠，就连坐在自习教室里，一翻开书本，一行行的字母、公式在我眼里也变成了五线谱，音符在上面跳跃，我捉不住它们。而摊开考研真题集的时候，我的注意力根本无法集中到解题上。

　　"芊芊，最近你好安静啊，塞着耳机，一听一坐就是几个小时，做了多少习题了？感觉怎么样？难不难啊？"

在我发呆的时候，同学用一杯冰镇可乐碰了一下我的脸颊。

我吸了一口气，冰凉的触感让我从空想中回过神来："呃……还好吧，有点儿难，一道题要想很久呢！"

是啊，摆在我面前的这道题，是关系到我未来人生的题目，它需要我花上很长时间去思考，去揣摩。

"啊，要是连你这样的优等生也觉得难的话，那我们可就完蛋啦！好吧！这道题要是解出来了，告诉我一下哦！"同学把一道公式题推到我面前，对我露出了信任的微笑。

"好吧，一会儿我看看！"我笑着回答，拨了一下汗湿的刘海儿，神游的思想终于被拉回了现实。

"芊芊，听说昨天你被一辆豪华跑车送回学校，那个人是谁啊？"

这是第八个这么问我的同学了。

"呃……是我的一个朋友。"这叫我怎么回答呢？说出"朋友"这个词，其实我的心里有一百个不愿意，他充其量只是个绑架犯加诱拐犯，我和他认识不超过五个小时，哪里算得上朋友呢？

"哇，什么时候认识的啊？听说是个大帅哥哦！"说到这里，对方的眼睛总是亮晶晶的。

"呵呵，我跟他不熟。"我以为傻笑着能糊弄过去，但是我错了，群众的眼睛是雪亮的，八卦的传统是不朽的。

"少来了，不熟能坐在他车上？还拉拉扯扯的！大家可都看见了！"对方暧昧地笑起来，"而且还做了头发！哎呀呀，恋爱中的女生就是不一样啊，换了发型，连原本没有的雌性荷尔蒙都散发出来了！"

我尴尬地笑了笑："你别问了,我跟他真的不熟!"

我和溪原何止不熟,简直就是两个世界的人——他是站在城堡上俯瞰庄园的大少爷,而我是那个默默无闻地在农田里收割麦子的大辫子姑娘,如果我们能有交集,那只有一种可能,就是童话在现实中上演。

解开了眼前的难题,重新塞上耳机,世界顿时只剩下我一个,接着那道题重新萦绕在我的心头——

答应还是不答应?

我和千万人赛跑,赛道上挤满了"考研马拉松"的参赛者,就在我身心俱疲的时候,却有人为我开启了另一扇小门。小门里透出微弱而温暖的光,还有从海洋吹来的气息,可是我不知道踏进去会发生什么事。也许我会发现满满一箱的宝藏,其中有一些是小时候遗落在路上的珍贵宝物,比如那个被母亲摔烂的竖笛,或者那本被撕破的歌谱,但是,也有可能里面就是一个深深的地窖,发着霉,连一块干奶酪都没有。而走进这扇门,就意味着自己成了一只离群的小羊羔,从此跟不上大部队的脚步。

这是上帝向我迷茫的人生伸来的援手,还是恶魔趁我心神不定时发出的召唤?

我摇摇头,看不明白。我想,我需要站得近一点儿,看得再仔细一点儿。

又是一夜混乱的梦,我把疲倦和迷茫用黑眼圈写在脸上,犹豫了很久才没有把那个装满"靡靡之音"的MP3丢到书包里。

今天我要去图书馆一趟，三天前和同学约好了的。

周末的人多得足以让图书馆门口摆摊卖烧饼的大妈营业额翻上三倍。我费尽千辛万苦走进图书馆，来到二楼借阅室，看见一排排摆满书籍的书架。这里是知识的海洋，连每一口呼吸都饱含着书香。我想来这里是对的，纸上的铅字让人心情平静，一眼望过去到处都是抱着考试书籍的学生，氛围是打动人心的关键因素，就像一个贵妇面对别着Chanel胸针的营业员也会忍不住掏出她精致的Prada小皮夹。

短短十五分钟后，我抱着两本考研辅导书走出了借阅室。这让我格外有安全感，并成功地降低了对父母和学业的内疚指数。今天这趟总算做了点儿有用的事，当然，我还不愿意承认这就是传说中的自我安慰。

一转身，原本站在我旁边的同学不见了踪影。沿着长廊，我向前走去，猛然一抬头，一个门牌出现在我眼前。

啊，音乐书室。

步伐比理智更加诚实地停了下来，我条件反射般地走了进去，等我回过神来的时候，自己正贪婪地用目光扫视着这个小房间里的每一本书。

其实在此之前，我一直想进来看看。只是看看，又不是吸毒抢劫，不碍事吧！

不过我觉得，我现在的状态有点儿像在吸食毒品，欲罢不能的同时，产生了一种从脚底一直贯穿到头顶的畅快感，这真悲哀！谁叫世界上最痛快的事情都是偷偷做的呢？不过更悲哀的事情是，我这会儿连幻觉都出现了——我看见了溪原，那个把我拖进这个深渊，用甜美的幻境引诱我的男人，此刻正拿着一本看起来很高深的乐理书，认真翻看着。

这个幻觉真实得让我头皮发麻,我甚至能清晰地看见他好看的手指上套着一枚哥特风格的玫瑰骷髅戒指,他阅读的页面上布满一排排艰深的"豆芽菜",他的侧脸在窗外透进来的阳光中形成了一道柔和的光的轮廓,他的睫毛居然长得能顶到他的黑框眼镜镜片,这我可从来没注意过。

我深深地吸了一口气,安慰自己,睫毛长的人,腿毛一定更长。

"嘿!你也来这里看书?"

幻影突然转过头来,跟我打了个招呼。看得入神的我不禁吓得手一抖,手里的书差点儿飞了出去。

"呃……嗯!"我连忙把两本考研书放到了一旁的架子上。

他稍微侧了一下身子,没有挪地方,然后弯了一下嘴角,似乎是在微笑,但如果说是为了礼貌,那么他眼里射出的鹰一般锐利的眼神,我敢说已经达到了冒犯他人的级别。如果说是为了表达猎人在岔道口重新撞上猎物的喜悦,那么他的态度又过于冷漠。

"你经常来这里看书吗?"

"不是,我只是随便进来看看。"我觉得这场景诡异得像恐怖片,在过去的几年里,我有上百个机会走进这个小房间,但事实上这是我第一次走进这里,却恰好撞上了他,"你经常来这里?"

"啊,不,事实上我很少来这里。这里的书都比较旧,而且,站在这扇窗户前,总能闻到臭豆腐的味道。"他耸了耸肩,"没想到今天一到就碰到了你,这真是惊喜啊!"

哦,这不是惊喜,而是惊吓吧!他难道就没注意到我一脸白天见到鬼的表情吗?

"你想找什么书?我可以帮你。"

"呃……我……"

"这里是乐理，书虽然比较旧，但是有一些外版的书，市面上很难见到。"他指指自己面前的书架，又指指右手边，"这里是乐器方面的，光是吉他的就占了三排，关于贝斯有几本很经典的，我很喜欢。那里都是乐谱，还有那里，啊，我想你对那个会感兴趣的，声乐方面的。"

我还没来得及做出反应，他就像个急着把游客带进特色商品区的导游，滔滔不绝地介绍起来，似乎是在炫耀他对这里的熟悉。

"请问你知道莫扎特的歌剧谱在哪里吗？"他说得如此详尽，以至于旁边的同学忍不住把他当成了图书馆的工作人员。

"自己找。"溪原冷冷地回答，接着变戏法似的从架子上抽出一本又一本声乐书，朝我丢了过来，"我推荐你看这本、这本，还有这本，啊，这个也不错。"

一眨眼的工夫，我的手里就多了六本书，我哭笑不得地看着他："我只是进来看看，又没想要借书。"

"那么你就借回去看看呗！又不是让你抢劫银行！"很显然，他的逻辑一点儿道理也没有。

"要不你就借个一两本，读书累了，睡觉之前翻几页，不好吗？我也有很多睡前读物，种类丰富得……嗯，超乎你的想象。"他真诚地望着我的眼睛。要知道，被这样一个脸蛋足以媲美偶像剧主角，哦，不，气质超越偶像剧主角的男生这样盯住的时候，一般的女性是很难拒绝他的要求的，他说的每一句话似乎都带着魔力，像在催眠。

"我……为什么要？"不断被激起的逆反心理折磨着我。

"好吧！那随便你！"他摊手说，"像我这样专业的指导人员，你是很难

碰上的,今天又难得我有时间,嗯,还有心情。"

是,是,那么我还要"谢主隆恩"不成?

盯着他头上的黑色草编礼帽,我不禁猜想要多自我感觉良好的男人才会选择在室内戴这么惹眼的帽子,该不是为了方便他在街头卖艺的时候装路人抛的硬币吧?

但很微妙的是,我还是挑了一本练声教材,看起来内容浅显,不过有很多小贴士。

现在桌上放着三本书,两本考研辅导书,一本声乐书,对面则坐着一个尽职尽责的校园乐队队长,他正以一种慵懒的姿势靠在桌子上,一手撑着脸颊,另一只手在桌子上轻轻地用手指打着拍子。

无论做什么事,他总能成为最显眼的那一个。

我从来没有在校园、街头,或者图书馆见过像溪原这样的人,究竟是我太专注于自己的世界,太专注于学业,以至于漠视了外面的世界,还是他遵照命运之神的指示执意闯进我的视线?

或许是巧合,图书馆的背景音乐突然换成了一首气势宏大的交响乐——贝多芬的《命运》。

我抬头看看天花板,难道这是上天给我的提示?

少来了,上天凭什么给我这么多眷顾?我上辈子开仓放粮了?

我不得不开始思考一个更深入的问题,今天的不期而遇,究竟是巧合,还是因为别的原因?

我知道如果我在国内最大的论坛上把这个不知所云甚至带着一点儿少女情怀的问题抛出去之后,会有成百上千春心荡漾的姑娘争先恐后地呼喊着管他是巧合还是阴谋,只管去享受就可以了!你想想,在一个燥热的夏天走进开着空调的凉丝丝的图书馆，偶然遇见一位帅气逼人的乐队队长，他毫不吝啬地跟你打招呼，你怀里的书还残留着他手上的余温，这该是一种多么美好的体验！而最青春、最珍贵的大学生活不就应该充满这些美好的体验吗？

不知道是不是我满脑子想着他的事而使脑电波辐射到了他的身上，溪原迅速地抬起头看了我一眼，而我也迅速地抬起头看了他一眼。

像一只撞在枪口上的小鸟，我极力地掩饰着心里的仓皇，迅速低下头去，以不正常的距离把眼睛贴近书。

我在干吗？

我到底在干吗？

我想我是太不习惯了，不习惯和我相隔不到三十厘米的人戴着这么大、这么哥特风的一枚戒指，戴着这么一顶黑帽子，还长着这么一张端正的脸！

在经历几次目光相撞之后，我终于有些忍无可忍："你老是看我干吗？我脸上有苍蝇吗？这样我没法安心读书！"

他很愕然，从书里抬起脸来——那一刻我知道我错了，他不紧不慢的态度衬得我像个恶人。

我以为他会说：你不看我怎么知道我在看你？

但是，事实上他远远没有那么恶俗，出乎我的意料，他此刻表现得像一个从来没有受过青春偶像剧和少女漫画熏陶的朴实人类，一言不发地合上桌上的书。

这个动作让我的心猛地往下一沉，接着我继续低头看书，装作毫不在意，却用眼角的余光默默地目送他在五秒钟内消失了。

我独占一张偌大的书桌，突然莫名地有些惆怅起来。

有时候人就是这样，就像摊贩们总是喜欢在客人转身走开的那一刻喊"成

交"。

目睹他走得这么潇洒,我想今天会在这里碰到溪原,一定只是个巧合罢了,阴谋再多,总不会只是为了丢给我几本书吧?

同学用疑惑的眼神看了看我夹在考研书里的那本乐理书,它有个听起来专业而不亲切的长书名。

我很感谢她欲言又止最后终于把疑问吞回肚子里。

其实我对自己的行为也表示疑惑,我借了溪原强力推荐的一本书,但是我学习这个要干吗?为了在KTV里表现得更好吗?

站在自动借书机前,我轻轻地摇了摇头。

本以为溪原离开了,没有了干扰,我就可以好好地阅读了,但事实上我依旧无法平静下来。

"芊芊,我快饿坏了!今天你在里头待得可真久,中午吃什么?听说附近有家拉面好吃又便宜,你知道吗?"

失神地看着同伴抱着一沓厚厚的考研书,我突然觉得自己输了,这几天心情总在这些小事情上来来回回地纠结,让我觉得自己就像个白痴。

"我知道那家店,刚好我也很久没吃拉面了。"我从楼梯上走下来,就目前来说,什么问题也没有温饱来得迫切。

"咦,那个是刚才和你在一起的帅哥吗?"

就在我成功转移思考重心的时候，这个提醒让我回到了原点。

顺着同伴的目光望去，透过一楼的落地玻璃门，我看见溪原坐在一棵大树底下埋头看书。

阳光从树叶的缝隙筛下来，洒在他的身上，一沓书随意地放在旁边的草地上，当微风拂过他的书页，他就把风多"看"的那几页缓缓地翻回去，然后轻轻地扶一下自己的帽子。

周围的一切都笼罩在柔和而宁静的气氛里，这场景美好得像一幅中世纪的油画。

"他也要考研吗？看书看得好认真哦！"

"不是每个来看书的人都是要考研的，人家是音乐学院的。"

"哦，那么要音乐考级？"

我无力地白了她一眼："你完蛋了，你的人生只剩下考试了。"

"难道不是吗？"

好吧，如果不是遇到溪原，之前的我也会这么想的。

我悄悄地走近溪原，发现离他两米他依旧毫无动静之后，他的认真终于打动了我，人家可是正儿八经来看书的，而我却把他当成一个图谋不轨的家伙。

他虽然看起来像个流氓，却是个有知识、有文化、有水平，还很英俊潇洒、有绅士风度的流氓。

"那个……不好意思啊。"我怯怯地开口。

他抬起头，有些诧异地看了看我，顶了一下眼镜问："不好意思什么？"

我想他一定是故意的，于是我吸了一口气继续解释："我并不是故意要把你赶到这个又热又有虫子乱跳的地方来的，我只是不习惯……"

"不习惯什么？"他眯起眼睛追问。

"不习惯坐在对面的生物拥有一张这么碍事的脸……"

"嗯,这就是你一直看我不爽的原因吗?"他摸摸下巴,说,"谢谢你的夸奖,我不会介意的。"

我吐了一口气,说:"我承认我之前对你的态度有些不好,或许是你这张脸容易让我产生偏见。我知道我做的不一定全对,既然你不介意,那我就放心了。"

"你真有趣……但是你说的话好像不能很好地表达你的意思,嗯?"他把放在膝盖上的书丢到一边,站了起来,"为了表达你内心深处对我的歉意,为了弥补你语言表达上的欠缺,不如请我吃顿饭?"

我张大嘴巴,看着眼前这个拥有一辆宝马和七个耳洞的少爷撑着下巴,一脸得意地向一个早餐只在路边买一杯豆浆和一个肉包子的穷学生提出这个要求。

我决定把"绅士"这个词从我对他的印象词典里删掉——尽管他的姿态很绅士,甚至带着贵族风范,但绅士是不可能让一个女生为他买单的。

我发现溪原这个人,总喜欢不按常理出牌。

我看着他好看的脸,想了想他的宝马,眼前没来由地掠过龙虾、鹅肝和鱼子酱的样子……

我不知道那些鬼东西一斤要多少钱,哦,不,它们从来都是以两甚至克来计费的,于是我像溪原一样不要脸地做出了一副苦恼的表情:"哦,我今天出门只带了二十块,就够请你吃一碗兰州拉面……"

我还没说完,溪原就从草地上刷地站起来,掸掉沾在他裤子上的草屑,说:"好,走啊!我都饿扁了!"

突然间,那种想冲上去掐死他的冲动又回来了。

♪

"老板，我要一份大盘拌面，面少一点儿青菜多一点儿，不要加葱，汤也是。啊，对了，再来一个大饼。"

说话的人是溪原，坐在拉面馆里，他表现得像一个老饕，而不是一个被请的客人。

相比之下，坐在角落里缩着肩膀、低着头以看考研政治题般的严谨目光快速浏览菜单的我，却越发像一个心事重重的新媳妇。

"我要小碗汤面，青菜多一点儿，不加葱。"

"啊，不愧是一对儿，你们的喜好真相近啊！"服务员看了看我，又看了看他，突然多嘴地说了一句。

"我们不是！"两个人突然异口同声地说。

"才不是！"我又多添了一句。

"哦，明白！明白！"服务员诧异地撇撇嘴，暧昧地念叨着这句话，转身离开了。

我坐在溪原的对面，满脸的尴尬，他则摊开手，表情毫无变化，自在得不得了。

"那本书，还看得懂吧？"在漫长的沉默之后，盯了我桌上的书半天的溪原突然出声了。

他的目光里带着一种居高临下的意味，我很迟疑地回答："我想我的理解

水平还没有你想象的那么差。"

"哦,那么你对混声关闭声带的位置、喉位等有一定的了解吗?"他撑起下巴,黑框眼镜后的眸子闪着寒光。

"混……混什么……"我脸色苍白,我只知道馄饨,他嘴里说的那玩意,我从来没听说过,"好吧,你比我专业,这个方面你没必要再强调。"

"最后你还是借了一本乐理书,为什么?"

"睡前读物,这个回答你满意吗?"

他有些无奈地垂下眼睑,把背靠到椅子上,摇晃着一根手指说:"不擅长说谎的人总是给人一种气急败坏的感觉,不过这或许只是我的主观臆断。当然你有权做出各种选择,把它当成睡前读物也好,厕所读物也好,我都没意见。"

撇开他的心理分析,我觉得他的最后一句说得不错,我选择沉默以对。

面端上桌,对方的表情在热腾腾的蒸汽后变得模糊。

饿坏了的两个人开始吃面,这时,对面的奶茶店传来一首轻快的摇滚,我们似乎都想起了什么,吃面的速度突然默契地慢了下来。

"你知道对面奶茶店老板年轻时是干什么的吗?"他突然撇过头,视线停留在奶茶店门口那个挺着啤酒肚、用一张皱巴巴的旧报纸充当扇子的男人身上。

我忍不住轻笑起来:"你这个问题未免太无厘头,我怎么会知道呢?"

"他年轻的时候是个摇滚乐队主唱。"

我诧异地睁大眼睛。

"我在一家酒吧遇到过他,交谈愉快,他说那时学校还有另一个乐队,他们共同租用一个排练室,排练室小得乐队成员要贴着墙壁站着才能一起排练。"

"但是，最后他还是选择了另一个工作领域，甚至没有从事音乐相关行业。"我咽下一大口面说。

"嗯，他们一毕业就解散了。"

我突然感到一阵小小的难过，看着碗里的面汤，说："那你们呢？毕业后也会解散吗？"

溪原看着我的眼睛，似乎要告诉我很多，最后他摇摇头："我们和他们不一样，首先有科班出身的专业背景支持，至少从事相关行业和接触业界专业人士的机会要比别人多；其次，我们不是为了耍帅或图个高兴才组成一支乐队，从很小的时候开始，我就告诉自己，无论做什么事，要做就要做到专业；再次，大多数校园乐队的经营不善最大的问题是经费，而我们乐队，因为有我，所以没有这个问题。"

"我只是这么随口一问，你就跟我说了这么多。"我继续低头吃面，发现他虽然表情冷漠，却很健谈，而且头头是道，"你们排练的时间多吗？我是说，一天会用多长时间来排练？"

"哦，你问了一个严肃的问题。首先你要明白，排练的时间能弥补技术上的不足，多练是唯一的前进方式。事实上，除了上课，大部分的时间我们都会待在那儿。"

我倒吸了一口气，说："对很多人来说，这很困难。"

"是，现实总是比你想象的残酷得多。在缺少调音师的日子里，很多时候塞给老头两包烟并不能完全满足他的欲望。而很多学校的大礼堂音响设备只为演讲准备……迎新晚会？那可是个麻烦事，因为我们的一把吉他就有三个效果器。酒水价格低廉的小酒吧是更好的选择，至少我能用到森海塞尔的话筒。"

  我听着溪原用轻松的语调说着这些不轻松的事,心情突然变得凝重起来,我忍不住追问:"是什么力量驱使你执著地去做这些事呢?"

  "我只是想做,就去做了。"他摊开手说,"我中学就开始搞乐队,在此之前一直在弹钢琴,如果不是父母逼我学钢琴,说不定我也不会走上这条路。这个世界越来越商业化,但是也越来越宽容,越来越个性化,我们会参加比赛,并且获奖,然后用奖金给自己录歌,刻几百张碟,每一张都亲自贴上封面,作为样本唱片寄给电台和唱片公司,然后找一家赞助我们出唱片,然后走向更专业的领域。"

  "溪原,看不出来,你很有想法嘛……"我听得入神,居然开始憧憬起来。

  作为音乐学院的学生,溪原他们比一般人拥有更多的资源,手中的筹码也更多。

  "难道我看起来像是没有想法的人吗?"他把盘子里最后一根面条塞进嘴里。

  "在我的印象里,玩乐队就像荷尔蒙过多而带来的阶段性必需品,每个人在青春期总有一些情绪要宣泄,这看起来就像一种热病,挥霍之后就会冷却。"我用一种迷茫的表情继续诠释我的疑惑。

  "那是一般人的青春。"他撕开一块大饼说,"我们和他们不同,我从来没有把自己的乐队当成业余乐队来看待,我们的鼓手有八年的打鼓经验,吉他手小学的时候收到了第一把两百元买的古典吉他,他们的技术比很多专业乐队都好。现在我只想要更多的作曲灵感,外加一个能打动人心、富有穿透力的声音。"

  专业的乐队!

溪原的追求目标很明确，他的理想看起来很遥远，却很有计划性，并且他很享受这个过程，因为这是他真正想做的事情。想到这里，我突然很羡慕这样的生活，抛开世俗的束缚，他为自己选择了一条没有岔道的路，尽管这条路上障碍重重，他依旧能一路歌唱。

我叹了一口气，说："真好，虽然听上去很多时候很痛苦，但是很痛快。并不是所有人都能有勇气做真正想做的事情，就像我，其实我并不喜欢现在读的这个专业，可是我又能怎么样呢？如果我说我不读了，我妈一定会第一个掐死我，我爸则会摇着头感叹，这么多年的女儿白养了。"

溪原认真地看着我，眨眨眼说："青春都是相似的，没有谁比谁更幸运，如果你没有做成某件事情，那就是你给了自己一个阻碍的理由。"

我咀嚼着他这句话的含义，居然觉得有些道理。他用纸巾一抹嘴巴站了起来，我们一起走到街上。

那道难题重新占据了我的大脑。站在溪原的面前，听完他的故事，此刻的他散发着一种让人忍不住想靠近的气息。

"溪原。"我忍不住叫了他的名字。

他回过头，看着我，目光依旧冷淡而深邃，仿佛正透过我的眼睛，看着我的灵魂。

"其实……那件事，我正在认真考虑。"在说这句话的同时，我的心居然怦怦地跳了起来。

"什么？"他有些疑惑。

"主唱是一个很重要的角色吧？"

"毋庸置疑。"他点点头，眼睛里闪过一丝光芒。

"如果我说我想加入'爱的期限'，只是想尝试一下你那样的生活，因

为……我想我还不能担任主唱,那是一个乐队的核心,而我还有太多的不了解。我只是,不想再过这样的生活……"我竭力地表达着这几天思考得来的总结,虽然有些语无伦次,但是我想,他知道我在说什么。

溪原静静地看着我,有些诧异,但很快恢复了酷酷的表情,似乎也在思考着什么。

沉默在两人之间流转,我期盼着他的回应,我的决定需要热情的肯定来给我鼓励,但是他连一个点头也吝啬。

我什么讯号也没有接收到。看着他的背影消失在人流中,我又一次迷茫了。

我带着一颗疲倦的心和一袋沉重的辅导书回到家里——每个周末我都会回家里住,周一至周五的时间则住学校宿舍。打开房门,我一眼就看见地上凌乱的运动鞋。

"戈瑞!你又把鞋子乱放啦!"我叉着腰大叫起来。

过了几秒,里屋传来一阵脚步声,一个满头是汗的小男孩光着脚丫跑了出来。

"我原来放好了的,大概是老鼠弄乱的吧,嘿嘿!"

这个调皮捣蛋的小鬼,就是我最头疼的弟弟。看着他嬉皮笑脸的模样,我大多数时候总是拿他没辙:"爸爸妈妈呢?"

"他们还没回来呢!"他突然一脸坏笑地看着我,"姐姐,你那么紧张他们回来没有,是不是一会儿要跟男朋友去约会啊?"

我拿起手边的报纸往他脑袋上敲了一下:"几天不见,你这小脑袋瓜里又从哪儿装进了这么多乱七八糟的东西?我哪里来的男朋友啊?"

"哼!那刚才那个打电话来的哥哥是谁?你一定和他在图书馆约会了吧?

还吃了好多好吃的,还不带给我,是不是?"戈瑞护着脑门撅起小嘴说。

"什么?"我像是被人抽了一记,有些稀里糊涂,"图书馆?什么人打电话来?你说清楚点儿呀!"

"咦,你不知道吗?今天上午有个声音很温柔、很好听的哥哥打电话找你!"他扑闪着大眼睛说,"然后我告诉他你去图书馆了,他说了声谢谢,就挂掉了!"

我顿时愣住了,半天没反应过来。

不用问这个打电话的人是谁,用脚趾想都知道是溪原。

原来今天的偶遇不是巧合!

那些偶像剧里常见的情节怎么会轻易在现实生活中出现呢!

我真是傻,还思考了半天这是不是命运之神的计划,原来这都是他一手安排的阴谋!

溪原在我的印象里又迅速地降了一级,并被贴上了一个"心计男"的标签。

他怎么能这样随便地打电话到我的家里?我的身体一阵发冷,有种隐私被窥探的不快感,他是从哪里得知了我的电话?

"姐姐,你怎么了?脸色这么难看?"戈瑞见我半天没反应,有些担心地拉拉我的衣角。

"没事。"我在电话旁坐下,皱起眉头,突然想到了一样东西——我的学籍卡!那里面写着我家里的电话号码!

眼前的世界仿佛突然间黑暗了,我扶着额头,满身冒冷汗。

虽然家庭电话被不熟悉的人抄走,是一件令人不愉快的事,但是我现在更担心的事情是,对于夹在学籍卡卡套里的那张照片,他又是怎么想的?

他看起来就像是那种为达到目的不择手段的人,他下一步会做出什么事来,我完全无法预料。

溪原让我迷惑了,这太糟糕了。

"姐姐,你看,我的球鞋破了!"戈瑞不知什么时候把球鞋穿上了,踢踢踏踏地走了过来。

被打断思路的我,只觉得一个头两个大,懒得理他。

"给我买双新鞋好不好?"这个缠人的小家伙跳到沙发上,揽住我的胳膊不放,还撒起娇来。

"别吵我,正烦着呢!"我伸手把他推到一边。

"哼!你不给我买,我就把你谈恋爱的事情告诉爸妈去!"他突然瞪着我说。

"你……"我哭笑不得,原来日防夜防,最危险的人就在自己的身边!我仿佛听见了钱包的哭泣。

度过了一个惊险刺激的周末,星期一的早晨无情地来临了。

走在去教室的路上,我就隐隐有种不祥的预感,这将是新一轮的灾难。

"芊芊,你怎么了?受什么刺激了?居然把发型给换了!"

我尽量低调地走进教室,却被眼尖的同学发现了这个变化。

"小声点儿!我……我……"我半天说不出一句完整的话来,但是,刚才的一声尖叫早就吸引了别人的注意，一会儿的工夫，我就被四五个八卦的女生包围了，她们七嘴八舌地盘问起来。

"变漂亮了哦！是不是坠入爱河了？"

"一定是的！这个改变也太大了吧！"

"发型就是重要啊！一下子从路人甲变成了日系小甜心呀！"

第一次这么受人瞩目，我的脸上挂着尴尬的笑。真是没想到，我只是换了个发型，就引起了这么大的轰动。

班上的女生不多，日子都过得很简朴，和之前的我一样，连眼线笔长什么样都没见过，个个都是清汤挂面的发型。由于课业繁重，考试压力大，谁有那个闲工夫化妆弄头发？

上课铃响了，我终于摆脱了一群人的包围，回到座位上，包里的手机振动了一下，是短信。

这个时候，会是谁发来的？

我滑开手机盖，看了眼屏幕，捂着嘴，差点儿尖叫起来——

新发型很好看，很适合你哦！——林家雨

我偷偷地回头瞟了一眼，林家雨正坐在后排的座位上认真地盯着黑板，似乎没有注意到我。

但是,无论什么也阻止不了一种甜蜜的喜悦在我心里缓缓地散开——这是我收到的来自林家雨的第一条短信！

他终于注意到我了！

这是灾难过后发生的最幸运的一件事，之前的烦躁在这一刻突然烟消云散。

反复地看着这条短信，我在心里默默地感谢蓝星的巧手，如果没有她，我

现在还是一个扎着马尾、刘海乱七八糟、土里土气的女生。

但是，如果没有溪原，我也不可能遇到蓝星，他是为了改造我的外型才把蓝星请来的。

那么，我要不要感谢他？

CHAPTER 05
第五章
欢迎加入"爱的期限"

♪

三天的考虑时间很快就过去了,可是我还没有下定决心。

今天下午是园林规划课,老师出了名的不爱点名,课程内容又统统是浅显的理论,这无疑具备了所有适合逃课的条件。

刚刚走出校门,我忽然有些紧张。大概是心理作用,我隐隐觉得身后的保安正以对待可疑人员的眼神盯着我。

"请问,这附近是不是有一家很香的卤味店?香味可以飘出好几条街远的?"

是的,我正在前往音乐工作室的路上。独自一人去那儿,对我这个路痴来说实在有些困难。走到大概的位置,我能回想起来的事物只有一家香喷喷的卤味店,还有一栋银光闪闪的大厦。

沿着黑漆漆的楼道往下走,我的心情就像这个楼道一样越来越窄,越来越黑,越来越往下沉。不管怎么样,我决定十分钟后一定要给自己做个了断,把自己从优柔寡断的纠结状态中解救出来。

工作室里传出颓废的乐声,大概是一首六十年代的爵士民谣,大铁门上不知什么时候喷了黑漆,看上去像一块黑板,上面用红色的粉笔写着"世界的声音"。

我明白在一个音乐工作室前敲门是行不通的,因为里面的人很可能把听觉献给了音乐,于是我深深地吸了一口气,推开那扇虚掩的门。

"嘿!我……"

里面只开着两盏灯，昏黄的灯光打在砖墙上的一张新贴的巨型海报上，那是约翰尼·德普的新电影海报，海报下一对身高悬殊的身影正拥在一起，而前一秒他们的嘴唇正贴在一起。令人脸红心跳的是，那位娇小的女生解开了上衣的前两个扣子，我一眼就可以看见她那精致的锁骨在灯光下呈现出旖旎的光影，还有我一辈子都不敢奢望的深深的"事业线"。

这一幕极大地刺激了我的感官，脆弱的神经一下子承受不住，我很丢脸地尖叫起来："啊！你们！你们！"

樱和岑风停止了接吻，而樱的手仍然像树袋熊一样挂在岑风的脖子上，两个人像连体婴一般保持着刚才的姿势，只是双双淡定地望着我。

等我发觉自己失态，结束尖叫的时候，突然发现他们俩的眼里带着一丝怜悯。

"哦，姑娘，你还好吗？"岑风安静地望着我，"你是见到鬼了吗？"

"你们……怎么可以在这里……"我竭力安抚自己受惊吓的小心脏，让它渐渐平静下来。

"拜托，我们只是在亲吻，你该不会是当今社会硕果仅存的以为亲吻就会生小孩的纯情少女吧？"岑风用一种悲哀的表情说。

"不，好吧，对不起，我只是吓了一跳，我……"涨红了一张脸，我窘迫得语无伦次，不知道该说什么。我正犹豫要不要踏进这个万分尴尬的场所，突然一股力量把我推了进去。

"我的天，我已经有十年没有听见'纯情'这个词了，请问有人知道它该怎么写吗？"薛苏提着吉他，带着一脸不屑的笑站在我的身后，"你真的以为亲吻就能生小孩？"薛苏故意用看怪物的眼神看着我。

"哦，不！请不要侮辱我的专业！"虽然我已经十九岁，但感情领域还是一片空白，每次都会习惯性地和异性保持三十厘米以上的距离。别说拥抱了，

连手都没牵过,接吻什么的,我只在电视上看过。

是的,我就是个标准的乖乖女,父母不准我早恋,有同学给我打电话,每次都会被他们盘问一番,如果对方是个男同学,那审问的过程起码要经历半个小时!严厉管教的后遗症就是,连初中时一张告白的小纸条都能把我吓得泪流满面,对异性更是视如洪水猛兽,恨不得离得远远的。

可是,生命科学专业的我,却对各种生物的生殖系统和繁殖模式了如指掌,这听起来是不是有点儿讽刺呢?

话题扯得太远,我差点儿忘记自己来这里的目的……

"你们难道不问问我是来干吗的吗?"我压抑住被挑起的情绪,提高音量大声说。

"哦,对啊!"薛苏把吉他靠在墙边,一脸醒悟过来的表情。

"是啊,你来干吗?"岑风双手环胸,靠着被当成杂物台的台球桌问道。

我突然感到一阵无力,这些人是故意的吗?如果是溪原,好歹还能讲讲道理。第三次光临音乐工作室,这些人依旧是那么不靠谱。

"不许你们欺负芊芊!"一直不说话在整理头发的樱突然向我扑了过来,紧紧地揽着我的肩膀,对岑风吐了吐舌头,"人家想我,来工作室玩一玩,不行吗?"

"你的脸皮简直比鼓还厚!"薛苏笑了笑,走到电脑旁换了一首轻快的歌曲。

"芊芊,你没事吧?看起来像是吓到了。岑风是我男朋友啦!我们是穿一条裤衩、玩一台电动游戏机长大的。"樱说,"我们都很喜欢音乐,拥有很多共同语言,所以后来不知不觉就在一起啦!"

"啊,原来是这样啊。"我吐了一口气,心情也放松了许多,"你们是青梅竹马?听起来好浪漫!"

"哈哈，浪漫？"岑风在我身后哈哈一笑，"你要是知道她小时候像牛皮糖一样烦人的话，就不会觉得浪漫了！"

"岑风！你能换个稍微美一点儿的形容吗？比如太妃糖什么的？"樱回头冲他鼓起脸颊，接着伸手把我拉走，"走，我们别理这两个大白痴！"

离开了岑风和薛苏，樱看着我，微微一笑："芊芊，我知道你是这里所有人中最纯情的一个。会把男同学的照片藏在学籍卡卡套里，这种事很可疑哦！"

话题毫无预警地转到了秘密领域，我的脸又一次不受控制地发起烫来，浑身神经跟着紧绷："我……我……"该怎么解释这种事情呢？

"用不着那么紧张嘛！不用解释，照片上的人一定是你男朋友了！"樱用手肘捅了我一下，"说说看，你们是怎么认识的？是不是在某个清爽的早晨，校园的某条小径上相撞，散了一地的书……"

"他……他只是我同班同学啦！"樱无厘头的想象顿时令我冒汗。

"少来了！那你说说，这张照片是从哪里来的？看起来好像是在教室偷拍的哦！四分之三的侧面，温柔的笑脸，啧啧，这个狗仔抓拍的技术还不错嘛！"樱的八卦之魂又开始沸腾了。

女性对于这方面的感觉总是很敏锐，樱猜得很对，这张照片是我偷拍的。

"看你急得脸都红了！你究竟有多喜欢他啊？"樱凑近我的耳朵，"难道是……暗恋？"

经不起她的追问，而且，我的反应已经泄露了所有的心事，最后，我只好认输地点点头。

"可以嘛！少女情怀总是诗，把人家的照片藏在学籍卡卡套里，有够害羞的呀！"樱捂着脸颊，不自觉地提高了音量。

看她比我还要激动，我连忙扯下她的手："小声点儿！"

"有没有试着告白呢?你这样的女孩,说不定是他的菜呢!这家伙像是很难会主动的样子呢!"樱说着,眼中飞快地闪过一丝难以捕捉的喜悦。

樱的眼神似乎又变了,我从她周围的空气里嗅出了一点儿不寻常,突然有种奇怪的感觉,她是不是也认识林家雨?可是,林家雨那种宅男,怎么会有樱这样的朋友?

为了证实我这个看似荒谬的想法,我试探性地问:"说得好像你也认识他似的,该不会……"

"答对啦!"樱打了个响指,吓了我一跳,"其实我和林家雨从小就认识了。"

这个料也爆得实在有些出人意料了!我张着嘴巴,不知所措,但是与此同时,我体内的八卦之魂也被激活了,我一脸期盼地看着樱。

"以前,我和岑风、家雨住在同一条巷子里,三个人经常玩在一起,上下学一起。和两个男生混在一起,弄得我小时候就像个假小子,嘿嘿,看不出来吧?"樱冲我微笑了一下,但是不知道为什么,我却从她的唇角捕捉到了一丝不易察觉的淡淡伤感。

"他们两个对我都很好,有什么好吃的好玩的,都有我的份儿,一直都相处得很好。只是……我已经很久没有见到家雨了,不知道他现在过得怎么样,算起来有两三年了吧?"樱突然露出了一丝惆怅的表情。

"两三年,你们都没有联系吗?为什么?"我不禁好奇地问。

"因为……就在几年前,家雨突然搬家了,后来……我们就失去了联系。"樱垂下长长的睫毛,忽扇忽扇的。说到这里,她的语速也慢了下来,支支吾吾的。

我敏感地察觉到这些断断续续的沉默中一定有许多故事,而这些故事,是旁人不能轻易碰触的,也不能轻易理解的……

原本希望能从樱的嘴里得到一些关于林家雨的讯息，但是不知怎么的，我忽然不想再细问下去。

"每个人的心里都有一些珍贵的宝物，即使变得沧桑，心里的宝物依旧是最初的模样，和理想一样。自己的幸福总是要靠自己争取，芊芊，加油哦！"樱说。

"谢谢！"听到这句话，我的心里暖暖的，只是还有一些顾虑，"樱，如果可以的话，我想拜托你，帮我保守这个秘密，它是我心里最珍贵的宝物，也是我最大的秘密。"

樱愣了一下，迟疑了几秒，终于轻轻地点了点头。

我长长地松了一口气，觉得心中的一块大石头落下了。

不，下一秒，我的脑中回响起三天前的一个声音——

"我会替你保守秘密的。"

"溪原，你们的队长，他是不是也知道这件事？"

溪原口中的秘密，究竟指什么？会是学籍卡卡套里的照片吗？又想起他打电话到我家这件事，我的心中布上了一层阴云。

樱摇摇头："我只知道你的学籍卡在他手上停留过一段时间，关于照片的事情，他一句话也没透露给我们。"

我无语了，溪原既然承诺要帮我保守秘密，那么他自然不会对别人提这件事，可是，叫我亲口问他，怎么问得出口呢？

"芊芊，听我的话。"樱的表情突然变得严肃起来，在我耳边一字一顿地说，"千万不要惹上溪原。"

我诧异地看着她，期待她再给我更多的解释，然而她只是点点头，不再多说什么。

"为……为什么？"我的心猛地跳了一下，脑海里掠过许多超现实的幻

想——溪原的脑袋上长出了两个尖角,他冷酷的脸上闪过一丝狞笑,呼的一声,身后升起熊熊火焰,一对黑色的巨大羽翼在他背上舒展开来,神秘指数和危险指数都翻了一倍。

"我不知道怎么跟你说。"樱一脸为难,"反正,你听我的就是了。"

见她欲言又止的模样,我顿时感受到了空气里流动着的诡异气氛,胳膊上的汗毛都竖了起来。这个男人,到底是什么人物啊?

不知不觉,我和樱闲聊了许多,从我的生活又说到她的生活。

"看来你的父母很忙啊,常年住在国外,满世界飞来飞去,你一个人生活,一定很不容易吧?"叹了一口气,我对樱投去同情的目光。

当然,我也从心里默默地羡慕她优渥的家庭背景和没有父母管束的自由生活。

如果我也有这样的生活背景,说不定也会像她一样,能够放手去做自己想做的事情。

"我不是一个人啊,我有一个很关心我的男朋友,还有一个很能罩我的姐姐!"

"啊,太好了,原来你和姐姐两个人住在一起啊。"

"不是,我和姐姐,还有姐姐的小孩,三个人住在一起。"

"那……你姐姐支持你玩乐队吗?"

"当然,因为她以前是当歌手的嘛!她还教了我很多乐理知识和舞台经验哦!"

"咦,是歌手啊?能告诉我她的艺名吗?"我的眼前一亮,追问起来。

"她就是灵啊。"

"啊——"我小声尖叫起来,指着樱,简直不敢相信自己的耳朵,"你是说那个第一张专辑销售就破纪录、外号'小云雀'的大明星灵?天啊!我家里还收藏着她的两张专辑呢！你说你是她亲妹妹？"

"是啊。"

尽管我激动得不得了，樱还是保持着一脸无辜又可爱的表情。

知名歌手灵，原来已经结婚，还生了小孩！这个消息如果爆料给报社记者，第二天肯定是铺天盖地的头版头条！

这个天大的秘密，从樱的嘴里说出来，却像是在描述今日菜价一样轻松，相比较之下，我心中的珍宝、唯一的秘密——暗恋林家雨这件事，即使说了出来，也只会换来对方的一声轻笑。对别人来说，这不过是微不足道的、近乎卑微的情感，没来由的执著。想到这里，我的心里难免有些失意。

"樱，你还要不要排练啊？一千只鸭子的下午茶也该结束了吧？"从门里飘出薛苏的大声呼唤，打断了我的遐思。

"再给我十分钟！"樱大叫着回应。

结束了这些与目的毫不相关的话题，我们的谈话重心又重新回到原点。

"其实，经过这么多事情，我已经动心了，我想加入你们的乐队。"再三犹豫，我终于道出了此行的目的。

这个折磨了我三天三夜的难题，做出解答之后，我突然觉得如释重负。

"真的吗？太好了！"樱再一次拥抱了我，热情得几乎让我喘不过气来。

"等等，可是……今天溪原似乎不在，你能帮我转告他吗？"

一提到溪原，樱脸上灿烂的笑容突然不见了："这个我不能做到哦！"

"啊？"

"这种事，你一定要当面告诉他，毕竟他是队长，对待这种事他一向认真得可怕，不能随便哦！"樱脸色凝重地说，"再等一会儿吧，我陪你坐一坐，说不定他一会儿就来了。"

"好吧。"

♪

漫长的等待之后，溪原却像是尘埃一样在人间消失了。

我坐在一张铺着苏格兰格子棉质桌布的小圆桌旁，慢慢地喝一杯柠檬水，看着在我面前的三个人挥舞着吉他乱跳。我被他们的排练吸引了，偶尔翻翻架子上的碟片，不知不觉过去了几个小时。

"星期天下午三点再过来一趟，有什么事见了面再说。"

樱给溪原打了个电话，得到的却是这样的回答。电话的那头，溪原的声音依旧冷冽得像冰水。

"对不起哦，他大概最近比较忙吧！"樱放下手机，眨眨眼睛看着我。

我不知道等待有没有用，但是我知道，如果这次我不给自己一个机会，那么可能以后再也不会有第二次了。而且我突然发现，漫长而痛苦的考研之路和父母给我规划的职业生涯已经成为我最不愿面对的沉重包袱。

终于熬到了星期天，匆匆地吃过午饭，确切地说，是把一些食物倒进胃里之后，我又一次来到了这里。

沿着阴暗的楼梯走下来，我猜想着推开门后能看见溪原什么样的表情，他又会对我说些什么，我从来没有一刻像现在这样迫切，我的新生活将会如何开始？但是，所有毫无头绪的想象在我走到楼梯尽头的时候戛然而止。

大门紧锁，黑板上的字不知被谁擦掉了一角，看起来格外凌乱。我试着敲了两下大门，一下比一下用力，但是回应我的是死一般的寂静。

像是被一桶冷水当头淋下，我原本冒着腾腾热气的心一下子降温了十摄氏度。

"您好，您所拨打的电话已关机。"

按下樱的号码，听着手机里传来冰冷的女声，我的心一下子又冷了一些。

"搞什么吗！"我懊恼地抓着头发，"不先打个电话就一个人跑过来，我真是白痴！"

可以说这真是我所遇到的最漫长的等待，它比我在杭州最知名的小笼包铺前饿肚子排长队的时间还要长。其间我以各种姿态流连在楼梯口和这栋大厦的底层，苍白的脸让我看起来简直像一个游魂。

当溪原一干人等浩浩荡荡地提着卤鸡翅和薯片之类的东西出现在音乐工作室门口的时候，两个小时已经过去了，而我像一个在黑暗中看见曙光的人，恍惚地站了起来，由于等待得太久，甚至没有出现如期预想的兴奋。

"现在才两点半啊，你这么早来干吗？不是说好了三点吗？你这是不是太早了点啊？"溪原看见我，劈头就说。

"喂！我——"

溪原这个浑蛋！我还没开口抱怨呢，他居然就恶人先告状！可以想象，如果我再告诉他我在这里已经等了两个小时，他一定会更加不客气地抨击我了！

"你不是要读书吗？要知道，即使你不读书，我们也有自己的安排！"溪原板着脸继续说，音量虽然不大，口气却很严厉。

我哭笑不得，却又百口莫辩，有谁愿意在这里无所事事地等上两个小时呢？这两个小时，已经足够我看完三十页书，或者做完一套习题了！这究竟是太不近人情，还是无理取闹？我想，这家伙的时间观念是不是有些强过头了？

我有些后悔，现在自己是不是应该说声"再见"，然后转身就走，离开这个不靠谱的世界？

"好吧，既然来了，就算了。只是我希望你能安排好自己的时间，我们都

还是学生,有自己的课业,排练的时间不多,每天都过得很紧凑,你不要耽误了功课,到头来再来怪我没提醒你。"

溪原的话依旧犀利得刺耳,只是口气稍微缓和了一些。反过来一想,他会这么说,说明他还蛮会替我考虑的嘛!这难道就是传说中的刀子嘴豆腐心吗?

想到这里,我原本失落的心温度又上升了八摄氏度,终于回暖了一些。

看着站在溪原身旁默默咬着超大棒棒糖的樱,我觉得自己该说点儿什么。

想了一会儿,最后我收敛起楚楚可怜的表情,深深地吸了一口气,说:"你可以担心我的乐理知识,担心我的嗓子不能飚到High C(音高极限),但是唯有这一点你可以不用担心,只要是我自己做出的决定,最后无论多惨我都不会怪你,放心吧!又不是刚从高中跳到大一的新鲜人了,我自己会处理好的。"

大概是没想到我会这么冷静地进行反击,溪原凝视了我几秒,最后点点头,五个人一起走进了音乐工作室。

"欢迎加入'爱的期限'!"

砰的一声,香槟在尖叫声中喷射出高高的酒花,我们举起高脚玻璃杯,音乐工作室里弥漫着欢乐的气氛。

不到半个小时,台球桌上的杂物一扫而空,铺上一条不知从哪儿翻出来的红色格子桌布,顿时将房间里的气氛烘托得温馨了几分。

"哇,这么多吃的,都是你一个人做的?"我瞪大眼睛看着桌子上的水果拼盘、蔬菜沙拉、各色香喷喷的卤味,还有一个涂满草莓果酱的超大圆蛋糕。

薛苏把印着小丸子的围裙从脖子上解下来，有些羞涩地笑了笑："除了卤味是现买的，其他都是我自己做的。我就住在楼上，搞伙食很方便。这些东西都很简单，没什么大不了的，也不能填饱肚子，大家就随便吃吃吧！"

"简单？"我从碟子里叉起一块蛋糕送进嘴里，绵软的口感和奶油的香气顿时充满了口腔，"天啊，这么专业的蛋糕，真的是你做的？"

"芊芊，不要只顾着吃，妆会花掉的哦！"樱穿着一件宝蓝色抹胸小礼服走到我身边，俯下身来抬起我沾满奶油的下巴。我看见她圆溜溜的眼睛，睫毛夹得弧度完美。

"樱，你已经有男朋友了，我一直不知道你是男女通吃的啊！"看见两个穿着小礼服盛装出场的女孩在饭桌上出演暧昧的一幕，薛苏忍不住调侃。

"你难道不觉得芊芊很可爱吗？两个美女在一起的画面是不是美丽极了？"樱对薛苏眨眨眼，不知从哪里掏出一支口红，在我唇上缓缓描绘起来。

"好了！呀！真是太美了！简直像时装杂志的模特！"樱把唇膏收起，陶醉地看着我说。

"什么？"我连口红的颜色都没看清呢！我茫然地看着盯着我们俩看的另外三个男生。

"啊，这个颜色会不会太过艳丽了？"岑风摸着下巴说。

"不过用在那张朴素的脸上，还真是别有一番风味呢！"溪原舔着手指上粘着的蛋黄酱说。真说不清他到底是在夸我还是贬我。

"喂！别闹了！"坐在我身边的岑风开始抵御樱的口红攻势，阻止他的嘴唇遭殃。

"让她画一个吧！说不定挺好看的！"薛苏看着胡闹的两个人，笑了起来。

我逃离了席位，走到洗手间里，看着镜子里的自己。

  我喜欢这条绿裙子，淡雅的花蔓图案，让我清新得像从森林的晨雾里走出来的精灵。

  而这种绿色却和唇上鲜艳的红色碰撞出某种奇妙的火花，意外地让人觉得很搭，让人联想起二十世纪四十年代的优雅，有种难得的怀旧感。

  "啊，好像刚从南瓜马车上走下来的灰姑娘。"我抚摸了一下镜子里自己的脸，情不自禁地露出了一个微笑，真希望这个梦不要醒来。

  刚从洗手间里走出来，我就被扑上来的樱抓住了。

  "嘿！快过来喝一杯！"

  我被推到椅子上坐下，面前放着一个装满深红色液体的高脚杯，是大号的。

  "不，我不喝酒！"我摇摇头，仿佛杯子里装着的不是酒，而是能让人丧失理性的恶魔的饮料，"我还没喝过酒呢！"

  十五分钟后——

  我被酒精俘虏了。

  现在，桌子上趴着一个脑袋酸胀、昏昏欲睡的绿衣女孩。

  我被骗了，红酒的滋味并没有想象中的美妙，它甚至有些苦涩。当它混合了啤酒之后，那就更糟糕了。

  "啊，不行，我要回去！"趁着我还有能力思考，我不得不强迫自己从桌子上爬起来。

  "亲爱的，你肯定你不会在途中倒在流浪汉的怀里吗？"带着几分醉意，樱笑着说。

  她的话惹得所有人都笑了起来。

  "我敢说她走不出这扇门了。你们真的忍心让她一个人上楼梯吗？瞧她都开始学漂移了！"岑风说。

"说起来这还不都是你害的，我明明说了不要，不要，可是你们两个灌了我一杯又一杯！"我一边说着，一边爬上楼梯，走向那扇门。我承认我的头很晕，但是我必须在公交车还没停驶之前赶回家去，否则大事不妙。

可是，我第一次发现，原来喝了酒之后，爬楼梯变成了一件非常困难的事——平常整齐的楼梯在我的视线里变得扭曲，就像魔幻电影里通往另一个世界的通道。

凭着感觉，我伸出了左脚，下一秒，我就向后仰倒，砸进了一个宽厚的胸膛。

眼前陷入一片黑暗，我知道这次我是真的醉倒了。

被后母虐待、总是吃不饱、饿坏了肚子的灰姑娘在宴会上吃掉了三大块蛋糕，并喝下了好几杯香槟酒。

当舞会结束，午夜的钟声响起，灰姑娘提着长长的裙摆，从一百多级台阶上飞快地走下。

可是，平时只会干粗活儿的她怎么懂得驾驭十厘米的高跟鞋？

于是，头晕脑胀的灰姑娘跌倒了。

奇怪的是地板很软，软得像沙发，还带着一股好闻的味道，而她脑子里一直回响着一首曲子，似乎是肖邦的《波兰舞曲》。

我在乐声中醒来，却看见一个男人正在昏暗的灯光下企图脱掉他的上衣，露出一截让大多数女生都自叹不如的光滑皮肤。

顿时，什么醉意都没有了，瞌睡虫也飞走了，我尖叫一声，连忙捂住双眼，却忍不住从指缝里偷看他的六块巧克力色的腹肌，大叫起来："你要干吗？"

溪原不紧不慢地把T恤套回去，回头看着我淡淡地说："你醒了？我正准备进洗手间洗个澡换身干净的衣服，然后和你共度一晚。"

"共度一晚？"重复着他的话，我大惊失色，"你……你想干什么？"

"好吧，我会躺在那张充满卤鸡腿味道的台球桌上。"溪原向后瞥了一眼，"你那么紧张干什么，我会吃掉你吗？你还是把嘴边的口水痕擦干净再说吧！弄得沙发上都是你的酒气和口水痕，啧啧……"说着，他啪地关掉了音响，最后的舞曲化为了一片寂静。

脸腾地涨红，我迅速地从桌上抽出一张纸巾擦拭着嘴边。

睡觉的丑态都被他看到了，真是丢脸丢到家了！

早知道，我死活都不会喝那么多酒的！

环视着音乐工作室，窄小的房间里只剩下我和溪原两个人。

天啊！我究竟睡了多久？

"我醒了，现在我要回家！"我果断地说着，并试图从沙发上摇摇晃晃地站起来。

"啧啧，对待在你晕倒的时候抱住你，避免你沉重的身躯砸坏工作室里的家具的恩人，就是这副凶巴巴的态度吗？你难道就不能表现得娇羞可爱一点儿吗？"溪原眯着眼睛，摇摇头说，"亏我还打算帮你打造一首名叫《心跳小夜曲》的歌呢……"

抱住我……

我宁愿他删减掉话里的某些词句，对待淑女使用这么粗鲁的语言，难道我还能娇羞可爱起来吗？

"现在几点了？"无视他的冷笑话，我直接问。

溪原走近我，背着一盏小台灯，他的半边侧脸被照成了柔和的金黄色："现在是晚上十一点，马上就到魔法失效的时刻了，可惜我们的灰姑娘把与王子共度良宵的时间都浪费在与沙发的缠绵上了。"

"什么？你说现在十一点了！"撇开他那些无聊的废话，我像是被什么砸中了脑袋，一下子回到了现实中，"完蛋了！完蛋了！"

"怎么了？南瓜车爆胎了吗？"溪原继续说着无聊的冷笑话。

"我妈一定会杀了我的！"带着哭腔，我揪着自己的头发叫起来。

溪原叉着胳膊，悠悠地调侃道："这都什么时代了？十一点回家就要杀了你，那你要是真的在这里和我过夜，我是不是会被一把刀架在脖子上，被迫娶你了？"

"拜托！都什么时候了，你还有心情跟我开玩笑？"我欲哭无泪，却只能自认倒霉。

"走吧！带好你的东西。"

溪原抓起我的手臂往外拽。

"去……去哪里？"

"上车啊！"

"啊？你是说让我坐你的车回家？"我诧异地看着他，同时脸上写着一百个不情愿。

"哦，那么如果你愿意体验一下在漆黑的小巷子里被陌生的彪形大汉拖到小角落里，或者在经过一个黑洞洞的窗口时看见那儿突然冒出一张惨白的脸，还有突然从你脚背上蹿过的蟑螂夜行军，我完全可以选择不剥夺这个上天赐予你的机会。"溪原冷冷地说着，关上大门，沉重的铁门在夜里发出低而长的回响。

♪

　　从来没试过深夜十一点独自在街上走动的我，在经过几番思想斗争之后，最后还是上了溪原的车。

　　路上彼此没有多说什么话，我不时看着他娴熟地操纵着方向盘，心里担心着到家后的情形。

　　"就在这里停吧！"虽然离家还有一段距离，但是我可不想被别人撞见我满身酒气地坐在一个男生的车上，这个场景太令人浮想联翩，"要是停在我家门前，会惹麻烦的。"

　　溪原停下车，发出一声不屑的轻笑："你已经是个不良少女了，不但逃课，现在还喝了酒，学会了晚归，难道还担心被爸妈看到你在外面有男朋友？"

　　我肚子里突然腾起一股无名火："拜托！我会变坏，究竟谁是幕后主谋？"说着，我生气地下车，并用力关上车门。

　　"芊芊！"

　　没想到溪原也跟着下了车，夏夜的凉风里，听见他低声呼唤，我板着一张脸回过头。他安静地靠近我，并拉住我的手臂，手指的温度烫到了我的肌肤——他的表情异常严肃。

　　两人之间的距离在一秒内迅速从两米缩短成了十五厘米，我的心疯狂地跳动起来。我愣愣地站在那里，像一只迷失方向的羔羊，任他帅气逼人的脸凑近，再凑近。我甚至能感受到他身上的热气。我的下巴被一只有力的大手轻轻抬起，那动作温柔得像对待一朵世界上最脆弱的花。

他要干什么？

我心里不禁警铃大作，挣扎起来。

神啊！虽然现在气氛很好，但是这个进展未免也太快了！

而且，不要凭着你长得帅就随便掠夺他人的初吻啊！

下一秒，溪原猛然放大的脸在离我十厘米的地方停了下来，嘴唇上传来柔软而奇怪的触感——那是一张干净的纸巾……

我这才想起来，我的嘴上还涂着鲜红的唇膏，要是回到家里被妈妈看见，一下子就露馅了。

值得庆幸的是，现在的光线太暗，否则我涨红的脸色一定被他看得清清楚楚。

第一次察觉到眼前这个人的心思居然这样细腻，在这样的状况下还能想到擦去我唇上的口红。稀里糊涂的我像坐在城堡里被人服侍的公主，一下子溺死在这个贴心的举动里，脑子一片空白，也忘记了抵抗，只是呆呆地抬着头，像个花痴似的盯着他放大的脸，和他微微皱起的眉间起伏的光影，因为专注而显得格外迷人的眼神……

"该死的，这个怎么这么难擦？是防水的吗？"溪原低骂了一声，破坏了所有气氛。

我连忙从公主梦里醒了过来，收敛起花痴的眼神，恢复正常的表情，还干咳了两声。几个小时前我吃掉三块奶油蛋糕，喝下几大杯红酒，还能保持这副唇红齿白的模样，可想而知这个唇膏的防水功能有多好了。

"算了，如果没有卸妆液，回去用洗面奶多洗几遍，带妆睡觉对皮肤不好。然后，明天下课后再来工作室吧！"溪原说完，放开了我，回头迅速回到车上。

我愣愣地站在那儿，目送着他的车一溜烟地开出小区，消失不见，这才发觉自己的双腿已经疲软得几乎不能支撑身体。

吓死了！那一瞬间我还以为自己的初吻要被夺走了呢！

我到底是怎么了！

这种反应……简直太丢脸啦！

我偷偷地回到家中，成功地避开妈妈进了自己的卧室。躺在床上，我不自觉地回想起刚才的情景，不禁遐想万千，最后摇摇头提醒自己不能再满脑子都是溪原了。

这一夜，我那徘徊不定的心终于安定下来。我决定，既然答应了加入乐队，那就配合乐队，好好地做出属于"爱的期限"的音乐来！

CHAPTER 06
第六章
心底绝望的冰冷

♪

"啊——"

一大早,洗手间里传来我的惊叫。

天啊,镜子里这个挂着黑眼圈、皮肤蜡黄无光、活像刚从棺材里爬出来的人是谁?

宿醉加上熬夜、失眠,后遗症就是我一脸憔悴。

"不行,叫我怎么顶着这张脸去上课啊?"刷牙之后,我开始在柜子里翻找起来。

上午八点半,我出现在教室里,拙劣的妆容又一次掀起了话题。

天知道,这是我这辈子第一次自己化妆!用的还是十九岁生日时舍友送给我的化妆品。在这之前,我碰都没碰过这些东西,既不想用,也不敢用。

不得不承认企图用黑色的眼线掩盖黑眼圈是欲盖弥彰,淡淡的桃红色的眼影更是让我看起来像个正在赶赴戏剧舞台的小演员,不过以我那糟糕透顶的菜鸟化妆技术来说,没有把自己化成一个吓哭小孩的妖精已经是万幸了!

还没坐下来,那些轻笑和细碎的低语已经钻进了我的耳朵——

"她是怎么了?把脸涂成这样,要去参加化妆舞会吗?"

"是不是准备下课后要去约会啊?最近越来越爱折腾了!"

看来我今天的妆真的很失败,虽然它只是个匆忙的、十分钟完成的淡妆。

即使如此,我依旧告诉自己不要去理会那几个交头接耳并且斜睨着我笑的男女同学。不知从什么时候开始，我对外界的眼光不那么在意了，反正我都加入了乐队，连父母的"圣旨"都敢违抗了，还怕这些闲言碎语？

但是，只有一个人，我比谁都在意他的反应，那就是我放在学籍卡卡套里的照片上的那个人。

如果林家雨看见我莫名其妙地化了妆来上课，会不会以为我学坏了呢？想到这里，我心里又生出了一丝不安的情绪。

从某种意义上说，我确实学坏了。溪原说得对，我现在就是个不良少女，以前的乖乖女已经一去不复返，但是在我的心里，依旧住着一个纯情的女孩啊！

当我看见林家雨和另一个男同学有说有笑地向这边走来的时候，趁他的视线还没落到我的身上，我便很没用地从教室里溜走了。

从教室里走出来的时候，我心虚地加快了脚步，就像身后有老虎在追似的。

回到宿舍，我懒懒地躺在寝室的小床上，翻着图书馆借来的那本乐理书。宿醉的效用还在，我昏昏沉沉的，像条大懒虫躺在床上，连下午的课都没去上。

这时候，只有一件事能让我打起精神，那就是音乐工作室的排练。

下午四点半，我从床上一跃而起，换上衣服，前往那个魂牵梦萦的地方。

"订做衣服？"一到工作室，就得知自己要订做衣服。需要测量尺寸的消息，面对手里拿着一张舞台服装设计稿向我步步逼近的溪原，我一脸茫然，"我穿S号的衣服，呃，这还要量吗？"

"作为'爱的期限'乐队的主唱，难道你要穿着你那些宽大的T恤登上舞台吗？做一件合身的衣服就是造型设计的开始，三围只是基础，还有肩宽、臂

长、腿长、大腿围、小腿围……"

"什么？原来当个主唱还有这么多的讲究啊？"原本以为当乐队的主唱只要有副好嗓子就够了，看来是我肤浅了。

"歌手要表达的不只是歌曲，还是灵魂，是文化！站在舞台上，你就不只是'唱歌'，而是'演唱'，而舞台的艺术是多元化、多方面的融合，从化妆到发型，再到服饰，只是最简单的包装，台风也很重要。在台上，即使是说一句话也要经过多番思考的，更别说学乐理，如何配合乐器，如何配合听众，如何身形兼备，要学的东西还很多。"说着，他弹了弹手上的那张手稿。

"我的天，这么多学问？"我不禁惊叹，"你……你会给我培训的吧？学完这些，需要多久？三个月够不够？"

溪原用鄙视的眼神瞥了我一眼，哼地冷笑了一声，说："三个月？你以为这里是速成培训机构？这些事你要用一辈子的时间去学，有生之年能掌握到一定程度就已经不错了。"

虽然溪原以一副专业人士的嘴脸狠狠地嘲笑了我，但是不可否认他懂的比我多多了，在他面前，我还只是一只菜鸟。不，我连菜鸟也算不上，连入门都没有。

"在这个世界上，有太多的人把歌唱艺术作为终生事业，一辈子有事可做，有目标可以追寻，这样不是很好吗？一旦拥有了这种强烈的愿望，你就会像被灯塔的光芒引导着的小船，永远不会在茫茫大海上迷失。"

难得溪原会对我说起这么深奥的话题，而且我觉得他说的很有道理。

我也想一辈子有事可做，可我希望它绝不是我在读的这个该死的生命科学专业！但是……

"但是在这个世界上，理想永远是丰满的，现实永远是骨感的。我现在能有多少时间，去做多少事呢？"

"好吧！你现在能做的就是到洗手间去，把衣服脱了！"溪原不知从哪儿摸出一根软尺，丢到了我身上，"樱，带她去量一下尺寸！"

看着樱手里拿着写满我身体详细尺码的记事本，我有种隐私被别人连锅端的奇妙感觉，叹了一口气，现在樱不仅知道了我心里最大的秘密，连我身体的秘密也记录得一清二楚了。

更衣室外，溪原和岑风正聊着什么，桌上摊着几张潦草的图纸，似乎是在讨论着舞台的布局。

"樱，等一下——"

我还没来得及阻止，樱已经兴高采烈地把尺码表递到了溪原的手上。

"呀！不许看！"尺码全暴露，岂不是等于裸体被看光了吗？我眼疾手快地把尺码表夺了回来，紧紧地抱在怀里，"你，你看到什么啦？"

"拜托不要用那种看色狼的眼神看着我好吗？你抢得这么快，我根本什么都没看到啊！"溪原鄙夷地看了我一眼，"其实我根本不用看尺码表，用目测就能知道你的三围是78、58、80，是不是？"

"老大，完全正确呢！"樱用力鼓掌，高声欢呼。

"你，你浑蛋！"我气得满脸通红，被这两人这么一瞎胡闹，岂不是所有人都知道我的三围啦！

"真抱歉，我可不是故意猜中的！"溪原耸耸肩说，"如果你觉得这不公平，我可以告诉你我的三围。"

"拜托，谁会对你的三围感兴趣啊？"我用力瞪了他一眼，好不容易才抑制住了扑上去掐死他的冲动。

"真可惜，我的三围可是比你有料得多，那么你就继续保持这天使般的身

材吧！"溪原趁我气得发抖时从我手中重新夺过尺码表，丢到樱手里，"给我们的主唱订一身天使的衣服吧，应该挺合适的！"

"这个灵感真不错！"岑风憋着笑，在沙发上抱着肚子一抽一抽的，"如果羽毛成本太高，可以考虑用厕纸改造！"

天使？被冠上圣洁的光环，我正沾沾自喜呢，转念一想，不对啊，天使是没有性别的，这家伙根本就是在嘲笑我的平胸嘛！

"你——讨厌死啦！"我醒悟过来，从沙发上抓起一个靠垫往他头上丢去。

最可气的是，这个家伙轻松地用一只手接住了我的攻击："啊，别生气，天使大人，我会帮你保守秘密的。"

有这样的队长，该说是不幸吗？不过我想，有了溪原，以后的日子都不会无聊了。

♪

"那我出门去买布料了哦！"樱向我们挥手，岑风、薛苏也跟着出门。

当大门砰地关上后，音乐工作室里只剩下一个涂改着演出服饰图纸的溪原，和一个整理唱片的我。除了圆珠笔在纸上发出的沙沙声和碟片被翻动的噼里啪啦声外，只有一片安静。

看着他咬着笔杆冥思苦想的模样，我很难把他跟之前那个说话不饶人的低俗家伙联系在一起。想到刚才的事，我依旧一肚子气，故意把唱片弄得啪啦啪啦地响,但是溪原似乎没有听到,一点儿反应也没有。

这个浑蛋,做出这么过分的事情,却好像没事人一样,连个道歉也没有!

我越想越气,干脆把一张重金属摇滚乐推进了唱片机里,按下播放键,狭小的空间里顿时充满了主唱鬼嚎般的嘶吼和瀑布般倾泻而下的急促鼓点。

溪原像是耳朵里塞了棉花,依旧一点儿反应也没有。看见他没有我期待中的被这突如其来的声响吓得浑身一抖,我不禁有些失望,手里拿着一张碟,恨不得往他脑袋上砸过去。

意识到我的情绪正处于一种前所未有的、即将脱缰的野马般的状态,我不禁开始担心下一秒我是不是就会由于情绪失控做出什么更糟糕的事情,于是我又啪地关掉了音响。

"我出去透透气!"没好气地撂下这句话,我把唱片往架子上一堆,就向门外走去。

听见身后有动静,我回头,看见溪原站了起来,从抽屉里取了钥匙。

当溪原一声不响地站到我身边,我才意识到原来他是要跟我一起出去。

光看我的表情,就该知道我有多么介意他过火的玩笑了吧,可是这个人却选择无视我身上发散出的灰黑色空气,自顾自地跟了过来。

"昨天晚上回到家里,有没有被爸妈打板子?"走下楼梯,他突然凑近我的耳边,小声问道。

没想到他突然问起了这个,我被他吓了一跳,下意识地弹开半米,脑海里顿时浮现出昨晚深夜的那一幕,唇上似乎还残留着隔着纸巾他手指的热度。那时我们两个靠得是那样近,只差一点点,就要撞上他的唇了。

想到这里,我的心禁不住又快速地跳了起来。

"怎么不说话?难道真的被家法伺候了?"看见我红着脸低头不语,溪

原原本轻松的表情突然变得严肃起来，他一把捉住我的手问道，"喂，你没事吧？有没有哪里受伤？"

"啊！我……"手被捉住的力度不轻，他认真的态度让我有些招架不住，刚才受的气一下子消退了，我有些尴尬地笑了笑，挣扎着把手抽了出来，"没有啦！我没事，昨天偷偷回到房间，妈妈都没有发现哦！"

"这样啊，那太好了，不良少女这门课，你算是及格了！"溪原放开我的手，松了一口气说。

"你……你怎么突然这么关心我？害我鸡皮疙瘩掉了一地！"我脸上不快地说着，但实际上心里多少有些感动。

"要是你受不了严刑拷打，在你爸妈面前把我供了出来，我岂不是成了带坏纯情乖乖女的大浑蛋？"

"你少来了，你本来就是个把人带坏的大浑蛋，只不过……你该担心的难道不是女朋友吃醋吗？"说到这里，我的脚步慢了下来，转头对上他的眼，试探地小声问，"说起来，你……有女朋友吗？"

问出这个问题，我不禁有些后悔，这个问题，也实在太过直接了！

溪原愣了一下，转而凝视着我，看得我头皮一阵发麻。

"你……该不会看上我了吧？哦，不是吧？"溪原的唇际闪过一丝轻笑，我分明看见了他眼里的嘲讽，"虽然我对你的心意感到很高兴，但是很抱歉，我对胸部小并且思想单纯的女性没有兴趣哦！"

"你——未免太不要脸了！"我的脸涨得更红了，"我的品位才没有这么差劲，会对你这种不知廉耻的人动心！胸部小又怎么样？思想单纯又怎么样？像我这样纯洁的少女，世界上已经很稀有了！是很珍贵的宝物哦！"我不服气地反驳他。

哼，他不要脸，那么我也可以不要脸！

"你不要轻易把人给看扁了，我现在还在青春期呢，说不定再过三四年，就会变成身材火爆的超酷辣妹！到时候我理都不理你，你可不要后悔哦！"

听了我的话，溪原扑哧一声笑了："哈，你就这么不甘心吗？还真是有信心啊！那我该说期待你的成长吗？"

"哼，当然！"

溪原摊开手，做出一副无话可说的表情。

短暂的沉默中，周围的空气弥漫着一种不寻常的味道，似乎有什么在彼此的心里慢慢地酝酿着。我不知道溪原在想些什么，但是我知道，我的频率一定和他的不一样。

这算是告白失败吗？

一阵惆怅突然击中了我，失落之后，我突然惊觉，不知从什么时候开始，我已经这么在意溪原对我的看法了。

我深深地吸了一口气，告诉自己，这个家伙虽然长得帅，偶尔表现出温柔，但是骨子里始终是一个高傲的王子，我还是不要轻易靠近他的好。

"芊芊，我看你今天就到这里吧，现在可以回去了。"走上楼梯，溪原突然开口说。

我心里咯噔一下，疑惑地看着他："为什么？"明明是他要我下午放学来这里的，现在为什么又要我回去？

"好吧，你不需要每天都来这里，其实我们也不是天天待在这里的。"溪原看着远方说。

我一脸错愕，脑子里冒出了一万个为什么。

他不是说要参加演出吗？

明明是他把我推进了这个乐队,又兴致勃勃地向我描述他的激情和蓝图,然而当我冲破障碍,终于成为这个乐队的一员,抱着一颗必死决心踏进音乐工作室的时候,他却给我浇了一盆冷水……为什么他要说这样的话?

我开始有点儿怀疑他们的用心和之前那些富有激情的话语了。

"那……我……"我想再问他些什么,郁闷的心情却堵住了我的喉咙,动了动嘴唇,我不再追问,"那我回去了。"

走在街上,天色已经暗了,夕阳在教学楼的背后凝成一个红色的圆球,四周的云彩被染成了一片片的粉红色。

迎着晚霞,我看见远远地走来一个熟悉的身影,是林家雨。

没想到会在这里遇到他,我的视线不由得追寻着他的身影,嘴角不由自主地微微向上弯,但是我突然又回想起刚才与溪原的谈话,忐忑得不能自拔。

"芊芊,你来这里买东西?"看到我,林家雨有些惊讶,微笑着停住了脚步。

"啊……嗯。"我不知道该怎样回答,总不能说我参加了一个乐队,下午逃课去却发现无所事事,被乐队队长赶了回来吧?想到这里,我原本上扬的嘴角又耷拉了下来。

"你还好吧?最近是不是遇上了什么麻烦?这几天看你总是心事重重的样子,今天也没来上课……"

咦，他在关心我？

我愣了愣，心里一阵悸动，但随之而来的是一阵淡淡的担忧，我不知道该怎么向他解释："最近是比较累，而且……"支支吾吾了半天，我却说不出什么话来。

看着他担心的脸，我的心里渐渐地腾起一种微妙的感觉。这一刻，我觉得我似乎没有那么在意他了。如果是以前的我，一定不能这么轻松地和他说话，八成会满脸通红浑身发抖，就像得了好不了的热病一样，连一句完整的话都说不出来。

我这才意识到，眼前这个人在我心里的地位正慢慢发生着变化，在慢慢地变轻，就像在阳光下逐渐消融的冰激凌。

可是，我还是害怕他不能理解我的变化，烫发、化妆、逃课……种种的变化，连我自己也对自己感到惊讶，但是，我可不希望我在他的眼里从一个好好学生堕落成了真正的不良少女！

"而且什么？"

"事实上，我加入了一个外校的社团。"深呼吸，我尽力让自己平静地说。抬起眼睛，我第一次正视他的脸。

一个人如果说了谎，就意味着以后要说更多的谎话来圆最初说过的那个谎，我不愿意让撒谎成为今后和他的大部分谈话内容，纸包不住火，这件事早晚会暴露的。

每个大学生在业余时间，多少都有一些爱好，只要不是杀人越货的非法行为，也不是加入什么邪教组织，有什么不可以说的呢？

我想，与其被他发现，不如我主动坦白。

"社团？很好啊！能在课余时间做点儿自己喜欢的事，也是放松学习压力

的好办法。是什么社团呢?是英语社团,还是电影社团?"

"呃,不是你想象中的那么正经的社团哦……"我尴尬地笑了笑。

"那是小动物保护组织?羽毛球协会?"

"是……是唱歌的,音乐学院的。"我心虚地小声回答。

"那很好啊!原来你喜欢唱歌啊?我也喜欢呢!"

看着他的笑容,我保持着僵硬的笑,用微弱的声音说:"是校园乐队,我担任主唱。"

林家雨抬起头来,怔怔地看了我几秒,这才长长地"哦"了一声。

这尾音,拖得我一阵心慌。

两个人一路走一路聊,没想到今天遇到他,没想到我们会聊这么久,更没想到他会是我第一个泄露秘密的人。

一连串的惊叹号构成了我今天的下午。正和林家雨说起校园乐队的话题,我突然想起樱的话:"其实我和林家雨从小就认识了。"

我还记得当时她的表情,虽然是笑着说的,但眼睛里有一丝寂寞……

"我已经很久没有见到家雨了,不知道他现在过得怎么样,算起来有两三年了吧?"

我想,樱的心里,其实一直很想见到他吧?曾经青梅竹马、朝夕相处的好朋友。

"家雨,你肚子饿吗?不如我们去附近吃晚饭?"突然,我的心里冒出了一个大胆的想法,心脏猛地狂跳起来,"实际上,我还有一些事想跟你说。"

"呃……好啊!只是我晚上还要自习,要在七点半赶回去。"他犹豫了一下,还是答应了。

没想到他答应得这么容易,我不禁心中一喜,转身给樱发了一条短信。

从一个老朋友的嘴里说出"校园乐队"这样的词，一定比从我嘴里说出来的要可信和真实得多了。

如果樱看见林家雨就坐在她的对面，她会是什么样的表情呢？那么林家雨看见多年不见的樱，又会是什么反应？

我很期待。

晚餐的地点定在了离这里最近的肯德基。

接到一条短信，滑开手机盖，樱告诉我，她已经在路上了。

我抿抿嘴，计划一切顺利。把手机放回包里，一抬头，却看见远远的，迎面走来一个又高又瘦的身影。

是溪原！

原本萎靡不振的我顿时眼前一亮，虽然今天和他的相处谈不上愉快，但是我毕竟是乐队成员，而他是乐队队长，作为合作伙伴，我想我应该跟他打个招呼。

溪原走得飞快，他迈开长腿，一下子就走近了。他看到了我，接着他飞快地瞥了一眼我身边的林家雨。

我向他招手示意，然而下一秒，他收回目光，直直地向前走去，和我擦肩而过时，带过一阵凉风，夹杂着一丝古龙水的冷香。

凭着这个味道，我再次认定，这个对我视而不见的人就是溪原。我放下摇晃的手，觉得自己就像一个傻瓜。是的，一个失落的傻瓜。

"刚才那人是你朋友？"林家雨在我旁边问。

"呃，大概认错人了吧！"我只好撒了个谎来遮掩自己的糗样，却一路沉思着。

我越来越摸不透溪原，他忽冷忽热的，最近更是冷淡得匪夷所思。

就算是只见过两次面的普通朋友,也用不着这么冷漠吧?

他会不会是觉得,我不适合成为乐队的一员呢?

在此之前,我们一直是两个世界的人,彼此还有一段距离,而我正在努力地融入他们的世界。我正在努力,不是吗?

我看看身边的林家雨,这个和我一起在课堂上奋斗、终极目标是考研的人,从某种意义上说,他才是和我一个世界的人。

林家雨,我是不是和你待在一个世界里,会比较好呢?

走进店里,樱已经坐在里面了。看样子她还没有点东西吃,拿着一张优惠券翻来覆去地看。

"樱!"我冲着她用力挥手,绽开一个大大的笑容快步走了过去,"让你等了很久吧?你看看,我带谁来了?你一定会尖叫的!"

听见我的声音,樱微笑着抬起头,当她的目光落到林家雨的脸上时,整个人都呆住了,微笑也凝住了。

"樱,你怎么没有带岑风一起来吃饭呢?你撇下他一个人来吃饭啊?这太不像话了!"我半开玩笑地说,但是却半晌得不到回应。我回头看看林家雨,他愣愣地站在我身边,脚仿佛被什么吸住了,直直地望着樱。

两个人的表情却是一模一样地震惊、惘然,甚至还有一点淡淡的伤感……

这是我第一次见到他这样的表情。

我不说话了，我突然觉得今天的事情做得过于冲动。这两个人似乎正被一种奇怪的氛围包围着，我说不出那是什么感觉，就好像，他们两人之间曾经发生过许多的故事，这些残留的情感的纠葛，在重新遇到它们的主人之后，再度连接起来。

"对不起，都没给你们说清楚，我……我吓了你们一跳吧？哈哈哈哈！"夹在两人之间的沉默中，我不得不尴尬地加大了音量，试图赶跑这种奇怪的气氛，"难得碰一次面，我给岑风打电话叫他来怎么样？"

"啊，不用了！他和薛苏还在裁缝那儿……"樱拉住我，说话的声音居然有些颤抖。

"哦！"我坐了下来。

接下来令人窒息的三分钟，就在三个人翻看优惠券和菜单的沉默中度过。我注意到这两人间短暂的目光交流，而林家雨的脸，变得越来越红。

他们一点儿都不像久别重逢的朋友，女性的直觉告诉我，他们之间肯定有故事！

餐桌上的交谈很少，也没有我想象中的愉悦的气氛。偶尔提到岑风，林家雨就会看樱一眼，而樱则迅速地撇过头看着我。

我开始浮想联翩。

两个男生和一个女生，同是青梅竹马，这样的人物结构如果出现在影视作品里，千篇一律的发展都是两个男生同时爱上了这个女生，而令这个女生难以取舍不能自拔。

而樱则像大部分女主角一样，捂着心口站在两米外，用心碎般的声音冲两个决斗的男生大喊："求求你们，不要再打了！你们任何一个人受伤，我都会很痛苦的！"

哦，这是多么轰轰烈烈的爱情争夺战啊！

我跟不上他们的频率，突然觉得我坐在两个人中间，碍眼得像一根刺，于是刷地站了起来："久未逢面，你们一定有很多话要说吧？我看我就不打扰你们了！"

"啊！芊芊！你别走啊！"樱伸手要拉住我的衣角，可是晚了一步。

我回头看见她有些惊慌失措的表情，又看看林家雨的一脸恍惚，咬咬下唇，一扭头走了。

结果，他们两个，谁也没再做出更多挽留的举动。

我感到心里往下沉了沉，却又止不住地好奇，究竟他们之间发生过怎样的故事？

我走到餐厅门口，转了一圈又偷偷地回来了，躲在屏风的后面，却听见了一段令我大吃一惊的对话——

"你和岑风，现在还在一起吗？"

"嗯。"

"两个人都加入了乐队，在一起做着喜欢做的事情，一定感觉很幸福吧？"

"家雨……"

"你用这种表情看着我，是什么意思？"林家雨突然捉住樱的手，"三年了，我以为一切已经过去了，虽然常常会挂念你，但是今天看见你，我感觉好像又回到了那个时候！"

没想到我一离开，林家雨就变得这么主动！

我被他的举动惊呆了，一手捂住嘴巴，以防自己控制不住发出尖叫。

被我猜中了……原来，这两个人真的有故事！

那么岑风怎么办？我怎么办？

这对话，暧昧得不能再暧昧，也清楚得不能再清楚了！

我的心一下子乱了，像被十二级台风吹过，再也理不清了。

我真希望今天没有这个心血来潮的会面，或者，被林家雨紧紧地捉住手，用灼热的目光注视着的，是一个从来没有被爱神眷顾过的我，而不是已经名花有主的樱。

"家雨，你放开我吧！"樱说着，把手缓缓地抽了回来，"过去的事情影响着你的情绪，可是，把目光放在你的四周，会有更适合你的人出现呀！我希望你不要忽略眼前的幸福！"

我的心猛跳了一下，因为我知道，樱口中说的"眼前的幸福"暗示的就是我！

我的心一下子揪了起来，屏住呼吸，目不转睛地盯着林家雨的表情，不放过一丝微妙的变化。

林家雨似乎有些错愕，表情变得更加凝重了。

他沉默了几秒，终于开口说道："樱，我知道你说的是谁……也许是她无意中告诉你的。这份心意，其实我一直都觉得很高兴，但我就是没办法做出回应……你留在我心里的印记太过强烈，以至于别人都很难抹去。她是个好女孩，我知道的，但是，对这种缺乏主见的女孩子我实在没有进一步交往的兴趣。"

缺乏主见！

这个词像一块石头凭空向我砸来，我被砸得晕头转向。

那一刻，我很想跳出来冲他大喊，谁说我缺乏主见了！

愤懑、伤心、不甘……可是我的心感受得更多的是一种近乎绝望的冰冷，

浸得我手脚发凉。

　　在同一天里先后被两个男生嫌弃的我，被乌云笼罩着，抱着头灰溜溜地以最快的速度逃离了这个地方。

CHAPTER 07
第七章
被夺走的初吻与突如其来的告白

♪

夏天的夜晚降临得很快,我独自走在街上,路灯把我的影子拉得很长。

星巴克的灯光像一轮巨大的月亮,吸引着来自四面八方的恋人,他们总是成双成对地在那儿出现,就像这时肯德基里的那两个人。

他们现在又在做些什么呢?

说不定已经拥吻在一起了呢。

我试着想象了一下那个画面,突然觉得别扭得过分。

可是别人过得再精彩,即使罗曼史丰富得堪比一本十二万字的小说,和我又有什么关系呢?站在爱情的大树下,我不过是一个呆呆地抬头看着的人。

不对,这个故事的主角是林家雨,他是埋藏在我心里最大的秘密,为什么我会觉得他的故事,和我没有关系呢?

是的,他在学校里也很受欢迎,暗恋他的女孩子像教学楼下草地上的蚱蜢一样多,而我只是其中的一个,一个把他的照片偷偷藏在学籍卡卡套里的小傻瓜。从来没想过有一天能真的成为他眼里宠溺的对象,只要能每天看见他神采奕奕地走进教室,和我在一个屋檐下静静地听老师讲课,偷偷地瞄他低头做笔记的侧脸,就已经满足得要死了。

难道这种感觉就是爱吗?

我摇摇晃晃地走着,不知道为什么,总觉得自己哪里不对劲。

为什么我不吃醋?看见喜欢的人和好朋友在一起,总会感到震惊吧?也会感到嫉妒吧?这个时候,我应该坐在公交车最后一排的某个座位上,尽情地流眼泪啊！

可是……

"芊芊！你怎么一个人回来？樱呢？她不是跟你一块儿去吃饭了吗？"

突然，一个声音打断了我的思绪，吓了我一跳。我回过神，看见岑风站在门口，背着他的大吉他，上上下下打量着失魂落魄的我。

我像是被人弹了一下额头，一下子清醒了过来，不知道什么时候，我居然走回了音乐工作室！而这一路上，我恍恍惚惚，像个游魂……我都在做些什么啊？

不过，眼下我没有时间思考这个问题，首要任务是如何对付眼前这个家伙。以岑风那火爆的脾气，要是知道樱和曾经有过绯闻纠缠的林家雨一起吃饭，他能沉得住气才怪！

到时候，我不就成了制造混乱挑拨小情侣关系的罪魁祸首了？

"我……呃……樱她有事，先回去了！"为了避嫌，我只好撒了个谎。

"是吗？"发现我神情紧张，岑风微微眯起了眼睛，"什么事啊？"

"呃……我也不知道，反正我们从肯德基出来之后就分道扬镳了啊！"我的视线心虚地在岑风背上的大吉他上转悠。我并不擅长说谎，可是我发现，自从被某人带坏之后，说谎的频率是越来越高了。

我把视线移到岑风身后那个家伙——溪原身上，此刻，他似乎把我们的对话当成背景音乐，正百无聊赖地把乐谱摊在膝盖上，悠闲地低头看着。

"哦……"岑风直直地看着我，仿佛要看穿我的心思。

我倒吸了一口冷气，心里像在打鼓，咚咚咚地，担心他再多问两句，我就要穿帮了。毕竟在不良少女这条道路上，我还只是一个菜鸟。

"嘿！溪原！你什么时候回来的？"为了摆脱岑风的追问，我不得不开始转移话题，背着手踱了几步，走到溪原面前。

我确认我的音量适中，咬字清晰，但是他依旧把我当成幽灵，不但视而不见、听而不闻，更过分的是，在我凝视了他几秒之后，他居然扭过头去，就像看到我的脸有多么不吉利似的。

我的笑容立即冻在了脸上——好吧，你不理我，我还懒得理你呢！

想到几个小时前和他在街上相遇的事情，我的胃里又翻腾起一阵不舒服，这个家伙，到底是怎么了？

今天大概是我的受难日吧！虽然发生的事情很多，却没有一件是值得开心的。

岑风终于出门了，我长长地松了一口气，又看了溪原两眼，见他再没反应，反正声东击西的目的已经达到了，于是便打算不再理他，自顾自地转身翻看架子上的杂志。

"刚刚在街上为什么不理我？"

他突然出声发问。我被他低沉的声音吓得浑身一颤，手里的杂志差点儿掉了下来。

"你有病！不理人的分明是你好吗？我还跟你招了手！"我憋的一肚子气，被他这句无理取闹的话一激，脑子顿时热了起来。但是我知道，和一个神经病理论，会使自己也变成一个神经病！于是我抑制着怒气，尽量让语气平和。

"哦，看见你一脸娇羞地和别的男人并肩走在一起，我怎么好意思和你打招呼呢？破坏两人世界的甜蜜气氛，可是会遭天谴的呀！"溪原耸耸肩，若无其事地说。

一脸娇羞！

我得感谢他，这辈子第一次有人用这么有女人味的词来形容我！

我回头瞪着他："你有病！他只是我的同学！拜托你别戴着一副专门报道

小绯闻小道消息的黄色眼镜看别人好吗？还有，请注意你的措辞！"再说了，就算是我和男朋友走在街上，和他又有什么关系呢？

真是个奇怪的人！

"哦，那为什么要把同学的照片藏在学籍卡里？他长了一张地藏王菩萨的脸，可以拿来辟邪吗？"在连续被骂两次"有病"之后，溪原继续发挥他超常的想象力。这样的人才不去娱乐小报当记者，真是太可惜了。

他果然知道这件事！我心里咯噔一下，不禁开始想象，当溪原把那张照片从学籍卡里抽出来的时候，到底是怎样的表情？惊讶？嘲讽？还是……

"这……这和你没关系吧？"为了掩饰心里掠过的一丝慌乱，我连忙绷起脸冷冷地说。

"对啊，这和我明明没有关系……"溪原重新低下头，合上乐谱，"原本我以为你很纯情，岂料自从我下午看见你堕落的那一幕之后，好像被感染了某种病毒，心情莫名地变得郁闷起来，对什么事都提不起劲。我想，这大概是吃醋吧？"

什么，吃醋？我听见了什么啊！

对于溪原嘴里蹦出来的这个词，我目瞪口呆，并且因为过于震惊，我直接屏蔽了前面几句措辞更加过分的话。

说真的，这样的台词用他一贯吊儿郎当的语调来诠释，显得格外没有说服力。我想，他一定是在戏弄我。是的，从一开始他就一直在戏弄我，让我不停地出糗，现在，他的恶趣味又发作了！

但是，不知道为什么，听他这么一说，我的心里又莫名地升起一种喜悦，以他的恶趣味来说，没有把那个暧昧的场景拿来借题发挥，嘲笑我的品位或者行动力什么的，已经是万幸了，眼下他的说法，简直……简直是在告白嘛！

"你……少来了！你这个轻浮的家伙！你又想拿我寻开心是不是？你省省

CHAPTER 07 第七章 被夺走的初吻与突如其来的告白

力发发善心放过我吧!"我向后退了两步。

虽然我说话的底气有些不足,脸又一次很没用地涨红了,但是我的每一句话,都是发自肺腑的:"你明明几个小时前才说过,对胸部小并且思想单纯的女性没有兴趣,不是吗?"

"哦,芊芊,你这么说我很伤心。"溪原从沙发上站了起来,摊开手,摆出了一个做作的愁苦的脸,"原来我在你的心目中,居然是个轻浮的家伙?难道不是个英俊有为的乐队队长吗?再怎么说也是偶像级的吧?"

"你……自恋狂!你就留在这里整晚照你的镜子去吧!"我又一次被他的厚脸皮激怒了。我觉得自己应该转身离开这个地方,而不是继续和他争论这个无聊的话题,那会使我用来放在学业上的珍贵的脑细胞受到损伤。

"别这么说,我可不是自恋狂,至少自恋狂不会轻易爱上别人。"他缓缓地踱向我,眼里闪着玩味的光芒。

灯光下,他五官深邃,简直帅得没有天理。如果站在这里的不是我而是别的女生,大概她的脑细胞已经被这眼神杀得干干净净了!

我感到窒息,甚至眩晕,一堵无形的压力墙正在向我逼近……我终于下定决心在心脏停止工作之前离开这里,于是我向后转,踏步走——

"芊芊,你真是越来越没礼貌了!长辈教过你,可以对领导这么没大没小吗?啧啧,在不良少女的道路上,你真是走得越来越远了,现在你只差一步……"溪原念叨个没完,一边说着,一边拉住我。

"只差……什么?"我站在门口,回过头来看着他,四目相对,眼神闪烁。我问这个问题,纯属好奇,好奇他这回究竟又会吐出什么惊世骇俗的话。

"交一个男朋友!"溪原凑近我,用极富磁性的声音在我耳边说。

啧啧,以他这副好音色,做主唱倒也不坏啊!只是,用来诱拐迷茫的少女,那就更有效果了!

我的手臂被他抓着，我的目光被他牢牢地吸引住……我想，这一刻我大概是被他催眠了吧？

"你……"我用尽最后一点儿理智，挤出一个鄙夷且怀疑的表情出来。

他当然知道我在想什么，继续施展他的蛊惑："别看我的样子很轻浮，其实我的骨子里比谁都专情，不信你可以问我前几个女朋友！"

"老大，你平时就是这样追女孩子的吗？"我翻了个白眼，"会被你这句话打动的女生，大概都是脑子进水吧？"

"喂！我说，你作为一个女性，这个时候能表现得稍微可爱一点儿吗？你面前可是有一位绅士鼓起勇气在向你告白呢！"溪原说着，凑得更近。

我本能地向后一退，差一点儿摔倒。

开什么玩笑！站在我面前的人，可是每天早晨都会被自己帅醒，非大胸辣妹不交往的"爱的期限"乐队队长溪原啊！

我认真地想，他是在玩弄我，还是在调戏我，还是在逗我玩呢？

好吧，我得承认，我被调戏到了。

此刻的我一脸窘迫，脸颊烫得可以煎铜锣烧，偏偏还一脸期待地看着他。

"告……告白？"被逼到了墙根下，我有种一口气上不来的感觉，硬着头皮抬头看着他，"我可不是那种会被甜言蜜语轻易打动的纯情小女生，而且……"

而且我已经有喜欢的人了！

但是下一秒，这半句话被硬生生地打断了，被滚烫的唇打断了，在我还没反应过来的时候，两个人的唇就碰在了一起。

我从来没有想过有一天我的初吻会是这样被粗鲁地夺走的，仓促得我的脑中一片空白。

他轻车熟路地覆上我的唇，下巴以微妙的角度倾斜，他的呼吸里传来男性

荷尔蒙强烈的气息，混合着经过体温散发出来的柔和的古龙水气味，弥漫在鼻尖。

从来没有一刻像这样强烈地被需求着，他火热得像意大利海岸上的艳阳，我被拥抱着，像是要被融化了，被烫死在这充满占有欲的原始悸动里。

也许，属于纯情少女的十九岁夏天已经结束了，一直藏在身体里那个渴望被爱的、身为女性的自觉，就这样被唤醒了。

过去的那些岁月里，我都在做些什么呢？憧憬着一个虚无缥缈的城堡，却连爱情的一根手指也没能碰触到。

于是，我一下子被这种全包围式的感官刺激打败了。

"如你所愿，没有甜言蜜语。"结束了漫长得令人窒息的吻，溪原放开我说，"与其等待一个没有希望的结果，不如抓住一个崭新的开始吧？它便捷又高效，立等可取。"

我愣了一下，大约花了十秒钟，才让自己从这阵眩晕中清醒过来："你……这个广告打得有点儿夸奖自己贬低别人的意思哦！问题是，你怎么知道那是一个……没有希望的结果呢？"我翻了个白眼，他说的是林家雨？

"不要企图欺骗自己，那对自己没好处。"他的手指从肩膀上滑下，轻轻拂过我的头发，"嘿，把学籍卡卡套里的照片换成我的怎么样？我的抽屉里有很多，任君挑选，至少比那张书呆子脸要好看多了！"

我倒吸了一口冷气："学籍卡卡套里的照片？你……"

"你收藏了有几年？不过我想，他是真的对你没兴趣，当我看见他与你并肩行走时，我花了一秒钟就从他的脸上捕捉到了这个信息。"他说着，摇摇头，做出一副替我感到惋惜的模样。

原来，他早就知道我喜欢林家雨，而且也知道林家雨并不喜欢我！

"我……"我涨红了脸，脑中一片混乱，有些曾经熟悉的情愫正在渐渐远去，而有些藏在更深处的正在喷涌而出。我不禁开始认真地思考起来，要不要把这个突如其来的告白当做一份感情接受呢？

这个时候，他的手机却响了起来。

"啊，真不是时候，坏了我的好事。"溪原对我轻扬了一下嘴角，接起手机，而他刚才的笑容和他的措辞一样轻浮。

"喂，是薛苏啊……什么？如果实在不行就换个裁缝吧！"溪原的表情突然变得凝重起来，看来是遇上了什么要紧的事情，"嗯，嗯，是吗？我现在马上过去。"

溪原没有挂掉电话，他朝我看了一眼，我依旧傻傻地站在那儿，呈现出些微头晕腿软的后遗症。他朝我挥了一下手，一边接电话一边往楼梯上走去。

我站在那儿好一会儿，像个被抛弃在仓库的旧木偶。看着溪原的背影消失在黑暗里，直到再也没有脚步声传来，我这才意识到，溪原是真的离开了。

而他刚才挥手的时候，脸上连一丝接吻时的柔情蜜意都没有。

面对死寂的楼梯口，我在黑暗中长长地吐出了一口气。

陡然袭来的失落，让我陷入了前所未有的无声世界里。

如果他真的喜欢我，会这么轻易离开吗？

我想，他只是玩玩罢了，就像大学里的其他男生一样，处于青春期荷尔蒙过剩的阶段，他们需要宣泄。

但是……

我摸了摸被吻过的嘴唇，似乎还残留着刚才的触感。我觉得自己就像夹在汉堡里的青菜，左边是暗恋着的林家雨，右边是刚认识不久的溪原，一个旧识，一个新欢，一个是清爽亲切的百合，一个是散发着致命吸引力的罂粟，我只是尝了一口罂粟的味道，就无法自拔地喜欢上了属于它的香气。

真糟糕，我好像上瘾了。

♪

  我回到屋里继续整理架子上的东西,突然门外响起了一阵沉重的脚步声。

  我转头,看见樱站在门口,像一个模糊的小影子。

  "樱,你怎么回来了?"我停下手里的活儿,诧异地看着她。我以为久别重逢的朋友应该有更多的话要说,晚餐之后,应该会有更多的节目。

  樱拖着沉重的脚步走进来,落地灯黄色的光落在她精致的小脸上,把睫毛染成了金色,而她的眼睛红得像兔子的眼睛。

  "芊芊,我有些事想跟你谈一谈……"她像个受了委屈的孩子,一下子握住我的手。

  "你……还好吗?林家雨欺负你了?"我想,樱和林家雨之间肯定发生了什么不愉快的事情,只是我下意识地不想知道太多。

  一向大大咧咧的樱,居然也有流泪的时候,可见这个打击对她该有多大。看来一时冲动促成这个约会的我,无疑做了一件糟糕的事!

  "芊芊,我知道你喜欢他,听我说这些事,会让你感到不愉快吧?"樱抹了一下发红的眼睛,"对不起哦,可是……除了你,没有人能够听我说这些了!"

  "呃,该说对不起的人应该是我吧!是我擅作主张,让你们两个见面的,没想到会让你伤心。"我无奈地撅起嘴巴,皱着眉头看着她,"能告诉我,究竟发生什么事了吗?"

  "他说他还是喜欢我,我觉得好高兴,可是最后,我亲口告诉他,我们还是尽量不要见面了,彼此知道对方过得很好,这就够了。芊芊,我这样做,是不是很残酷?我觉得自己像个坏蛋,把别人的一片真心踩在地上,可是,我不想这样啊!"

什么?原来我听到的、看到的、想到的都是真的!樱、林家雨、岑风真的是青梅竹马的三角关系啊!这……这会不会太俗套了一点儿?简直是各种文艺作品里的经典剧情嘛!

"等等……虽然我还是搞不清你们之间的关系,但连普通朋友的交往也不行吗?你……这是在顾忌岑风的反应吗?"我揽住樱的肩膀,拍拍她的背,像在哄一个丢了最心爱的泰迪熊的孩子,表面上像个知心大姐姐,可是谁知道,我的内心和此刻的樱一样,也是波涛汹涌啊!

"我想,只有保持一定的距离,才能控制彼此的理智。当然,我也不希望我和岑风为了这件事产生隔阂,他就是个醋坛子,你知道的。"樱抬头看了我一眼,无奈地苦笑了一下。

"都是我太没头脑……"我叹了一口气,心情沉重。樱是这么可爱的女孩子,看见她伤心难过,我也不好受,况且,这还是因为我的缘故。

"芊芊,这又不怪你。其实,今天能看见好久没见过的家雨,我也觉得很开心啊!只是,你那么喜欢他,两个人很登对啊,又在同一个学校,你们应该在一起的……"樱拉着我的手握得更紧了,"芊芊,我不想你讨厌我呀……"

"樱,你怎么会这样想?你是我的好朋友,我比任何人都希望看到你幸福,只是……"我疑惑地看着她,"你真正喜欢的人……是林家雨吗?那为什么还和岑风在一起?"

樱摇了摇头:"家雨和岑风,对我来说都是很重要的人,在我心里占有很重要的分量,我两个都喜欢啊!"

"可是,你还是当了岑风的女朋友……"看着樱泫然欲泣的表情,我大

概能理解这种矛盾的心情。优秀而温柔体贴的男一号,热情而志同道合的男二号,两个青梅竹马的好朋友,放到哪部青春偶像剧里,都是让人难以抉择的啊!

要是让我选择的话,我还是会选择林家雨,因为和一个爱吃醋、脾气火爆的男朋友在一起,实在不适合我的生活。

樱低头想了想,抬头看着我说:"岑风要是知道我见了家雨,一定会很生气……我知道一颗心不能分成两瓣,我想,我还是喜欢岑风多一点儿吧!"

"樱,有个很私人的问题,不知道你介不介意我问你……你看,过了这么多年,林家雨依旧那么喜欢你,可见他的用情有多深,他对你是真心的。他是一个很温柔的人,而且那么优秀,为什么你会选择岑风呢?他大大咧咧的,又爱争风吃醋,有时……甚至就像个小混混……"

樱看着我,叹了一口气,说:"我知道家雨是个很好的男生,从我认识他的时候起,他就已经很受欢迎了。可是……这个世界上的人都有自己的另一半,各不相同,有些看上去很美好,但是却不适合自己。就比如我,我注定不能接受一个每天只会在食堂教室宿舍三点一线生活,不能和我共同享受音乐带来的欢乐的人。如果要我和一个循规蹈矩的人一起过日子,那么我想过不了多久,我就会被那种枯燥给逼疯的!"

"是啊,有些事物看上去很美,却不适合自己。"我重复着樱的话,想了一会儿,点了点头,"我发现,其实……我好像没有那么喜欢他……"后半句话我没说出口,那就是,不知不觉中,我好像渐渐地喜欢上了另外一个人。

"啊?"樱抬起头,诧异地看着我。

"我想,这个世界上一定有比他更适合我的人选,只要两个人能够在一起,并且感到快乐,不就好了吗?樱,你和岑风在一起,也觉得幸福,不是吗?"莫名其妙地,说到这个人选,我的脑海里浮现出来的却是溪原的身影。

不知从什么时候开始,林家雨的影子淡了,我的脑海里想得越来越多的是溪原,溪原的身影、他好看的侧脸、萦绕在空气里的古龙水味道,还有他修长的手指在桌子上敲打着节拍的场景……

樱眨眨眼睛,面带羞涩地点点头。

"那不就够了吗?无论和什么人在一起,我们都要努力地朝幸福的方向前进呀!"我揉了揉樱的头,把她的刘海揉乱了。

樱看着我,释然地笑了。

回到家里,我拿出那张学籍卡,它一直放在我书包里某个小小的袋子里,伴随我走过了几个春秋。当时我是以一种怎样憧憬和温暖的心情把喜欢的人的照片,小心翼翼地放进学籍卡卡套里去的呢?

我曾经以为,只要长大了,我就会变得漂亮,然后像每个童话里的公主一样,被英俊的王子接上华丽的马车。但是现在想来,自己就像一个爱做梦的小傻瓜,什么也不明白,只是一心一意地哄着自己。

我轻笑了一下,把那张照片从卡套里取了出来。

长大有一个好处,那就是曾经想要的不得了的东西,如今却不想要了……

第二天,我在校园的走廊里找到了林家雨。

他一个人抱着一大堆书,沉默而缓慢地走着,看起来像是要去教导处。

我叫住他。看见我,他有些意外,但是很快恢复了像往常一样从容的微笑,似乎昨晚发生的那些事,那些沸腾的情愫,没有留下太多的痕迹。

"对不起,昨天……我以为你们只是简单的朋友,不知道会变成这样。我想我是多管闲事了,造成了你的困扰,真的很抱歉!"好不容易理清思路,我终于鼓起勇气,看着他的眼睛,开口把这折磨了我一个晚上的心里话说了出来。

"不,芊芊,你不需要道歉。见到樱,我承认我吓了一跳,但是我并没有怪你的意思。"林家雨看着我,迟疑了几秒,"看来樱都告诉你了,是吗?"

"啊!"我小声惊叫了一声,接着点了点头。

我只是他的同班同学,他的秘密、他的感情世界被我窥探了,我想,林家雨今天再见到我,感觉一定很不一样吧?多少有点儿尴尬呢!

"你不用露出那种表情,我不会介意的。"他看着我窘迫的样子,微笑了一下,说,"其实我应该感谢你,让我见到了好久不见的樱,看见她过得很幸福……虽然我们不能在一起,但是……这就够了,我很高兴,真的。"

我点点头,原来他真的不介意,真是太好了!我吐了一口长气,心里的一块大石头终于落了地,一直萦绕在我心里的负罪感也变得不那么沉重了。与此同时,我比往常更清晰地感觉到,我对林家雨的感觉,似乎从近乎对偶像的爱慕变成了朋友之情,像对樱一样的友情。

只是从他的眼里,我看见了一丝淡淡的悲伤。

CHAPTER 08
第八章
粉红色的生日

♪

  周末上午八点半,带着一副醉生梦死的表情,我从一堆解析宇宙生物密码的课本堆里醒来,把腿一伸,一本书啪地掉到了床下。放在枕边的手机屏幕有频率地闪着亮光,提示有人给我发来了短消息,我心里祈祷着最好不要是辅导员发来的考研讲座小广告,或者是一周后要模考的通知。

  我完全猜错了,短信是溪原发来的,发送的时间是早上六点四十五分。我皱起眉头,对于夜行生物溪原队长来说,那应该是他在梦里的森林中与仙女们嬉戏的沉睡时光,怎么会给我发短信呢?

  我嗅到了一丝不寻常的气息,疑惑地打开短信,看见这样一行字:"芊芊,马上来工作室,今天有很重要的事要做。"

  一瞬间,所有残留在我头脑里的瞌睡虫全被赶走了。我盯着这条突然的短信看了又看,被一种说不出是烦躁还是兴奋的情绪击中了,无奈地把脸埋进枕头里。

  这个周末原本计划要复习一门主修课的,而离这门课考试的时间,只剩下不到半个月。

  我捡起被踢落在地板上的课本,枯燥的封面上却不识时务地浮现出溪原的脸,深邃的眼睛闪着冷酷的光,还有那薄薄的形状好看的嘴唇,已经夺走了我的初吻。

  更糟糕的是,把那本书丢到书架上的时候,我已经禁不住地开始期待今天的碰面，接下来迎接我的，又会是怎样的惊喜？

我打开衣橱，匆匆忙忙地翻出一条很贵的连衣裙——这条裙子只在去年穿过一次。值得庆幸的是，它是不容易起皱的面料，对着镜子用陌生的手法描着眼线，我已经陷入一种近乎病毒侵入的状态，考试什么的完全抛诸脑后，脑子里只有溪原，像病毒一样的溪原。

"芊芊，你打扮得这么漂亮，要去做什么？"

站在洗手间对着镜子涂唇彩，我被身后妈妈的声音吓了一跳。

"没……没有啦！我要去图书馆复习了！"我回身，把一本书装模作样地捧在手里，有些心虚地回答着，然后抓起书包夺门而出。

天知道此刻我的心里载满了多少犯罪感！

半个多小时后，我站在音乐工作室的门前。

像往常一样，我怀着迫切的心情伸手推开这扇虚掩的门——

"咦？"

门居然是锁着的！这意味着什么？

我恨不得乘上筋斗云、推开任意门、像个花痴一样卯足了劲来到这扇门前，但它居然是紧闭着的！一瞬间，什么花前月下的柔情蜜意，统统烟消云散了。

"溪原，你又放我鸽子！"我愤愤地咬牙低声骂道，紧接着拨通了他的电话，我想，这回一定要好好骂他两句。

"喂？"溪原的声音慵懒得像一头刚睡醒的黑豹。

"这是怎么回事？我到了，门却是关着的！"

"哦，很简单，因为你迟到了。"他轻描淡写地回答，语气里甚至带着一丝幸灾乐祸！

我深深地吸了一口气，确保自己有足够的肺活量，接着提高了音调："开什么玩笑？你给我发短信的时候，我还在睡觉呢！再说了，你的短信上有约定时间吗？"

电话的那头传来了一丝轻笑，似乎是不屑，又似乎是嘲讽："不要那么激动嘛！你在那里等我，乖乖的，我会带你上天堂。"

"你……"我又一次被他的轻浮语气噎住了，翻了个白眼说，"'天堂'这个圣洁的词汇，从你嘴里说出来怎么显得那么不堪？我看你会带我下地狱差不多！"

"哦，你不愿意吗？那也没关系，反正你原本就是那里的产物。至于地狱嘛，我对那里很熟，如果你有兴趣，我愿意带你一块儿去遨游。"

就算这个时候，他也不忘揶揄我。

"我……我才不要呢！"地狱？我觉得我离那儿不远了，自从认识了溪原之后……

挂掉电话，我开始了漫长的等待。

在楼梯口来回踱步，直到脚底感到酸胀，我想我消耗了不少卡路里。

突然，我很庆幸自己带了一本书出门，坐在楼梯上，我从书包里抽出课本，借着微弱的楼道灯光，埋头看了起来。

然而，这个举动并不能缓解我烦躁的情绪，书上的每一行字，进入到我的脑子里，全部变了样，每个字，每一个笔画都在呼喊着：溪原，你这个大浑蛋！

这是一种煎熬，对善于做计划的我来说，一切不可控的因素都是生活中最大的敌人，比如那些突如其来的考试，又如突如其来的溪原。

可以想象得到，当我心急如焚地坐在这里，不安地乱翻着书的时候，那个家伙一定在某个安静的角落，不紧不慢地做着自己的事。

无论和他做什么，我总是处于下风。

这真叫人恼火。

这个教训告诉我，当接到溪原的邀约，赴约前一定不能太期待。

时间在煎熬中一分一秒地过去，当时针即将指向十一点时，我终于按捺不住，啪地合上了手里的书。

此刻的我觉得自己就像一个白痴——任人摆弄的白痴。

"搞什么，简直是把人当猴耍嘛！"

我骂着，又在工作室的门上踢了一脚。

"溪原，你这个大浑蛋！"这个萦绕在我心头两个小时的魔咒终于开口说了出来。

"你说谁是浑蛋？"

"啊！"

我回过头，看见溪原缓缓地从楼梯上走下来，藏在阴影下的脸阴郁得像电影里刚出场的吸血鬼。

说曹操曹操就到，他为什么偏偏在我骂他的时候出现呢？

"原来我不在的时候，你都是这样骂我的？"溪原居高临下地看着我，脸上的表情似乎在玩味地思考着，下一步该怎样拿我开刀。

"你……我难道说错了吗?"我看着他悠闲自得的样子,气就不打一处来,"你叫我马上来这里,却让我等了足足两个小时!现在不守时的人是你……"

"如果你觉得不高兴,随时可以离开。"没想到我的话还没说完,就被他毫不客气地打断了,"就像如果你讨厌当这个乐队的主唱,可以选择放弃。"

看着他冷冷地俯视我的脸,我被他的话震得一时说不出话来。实在不明白,一个分明做错事情的人,怎么能把话讲得这么理直气壮?

他俨然是以领导者的身份自居,将自己的意识凌驾于我之上。

而我,讨厌这样。

对上他的视线,我的眼神从疑惑转为和他同样的冰冷,是他的高傲让我失去了信心,也将我的行动意愿降到了零。

我想,他远远没有我想象的那么好相处,至少目前,我还觉得自己像是一只被他玩弄于鼓掌之间的小耗子,而他就是那只时而扑咬、时而放开的猫。

"好吧,我……不稀罕这个主唱!"

昏暗的楼道里,我听见自己的声音干涩得像没上机油的古董手表。

说完这句话,我头也不回地离开了。

从噩梦里醒来远远没有从美梦中苏醒的失落来得难过,和溪原擦肩而过,失望弥漫了我的双眼,我想,大不了回到自己的生活,虽然没有惊喜,却能让我感到踏实。

"与其等待一个没有希望的结果,不如抓住一个崭新的开始吧?它便捷又高效,立等可取。"

我的脑海里浮现出溪原说过的话。我想,他果然只是随口说说,戏弄我而已,如果他真的把我放在心上,怎么会对我露出这种表情?甚至说出这种话?

我的心渐渐沉没，像沉入大西洋的泰坦尼克号一样。

而那个缠绵的吻，此刻显得那么一文不值，只是成为了我不堪回首的记忆里一个凌乱的画面，记录着我荒唐而无知的岁月。或许若干年后我可以惆怅地对人提起，当年有个帅哥强吻了我，可他是个浑蛋。

鼻子很没用地一阵发酸，或许我十九岁的夏天还没结束，就直接进入了冬天。

走出十米远，沉浸在挫败感中的我，听见身后传来脚步声，很急。

属于溪原的古龙水的味道迅速向我包围，然后他拉住了我的手。

我诧异地回头，泛红的双眼对上他的眼睛。他严肃地看着我，紧紧地蹙着眉头，注视了我的眼睛一秒，就把我搂进了怀里，就好像他知道我在想什么似的。

顿时，前一秒化为死灰的心，突然又被点燃了。

但是，当他的鼻息靠近我的脸颊，我突然又回想起来，这个又想再次强吻我的家伙，几分钟前对我说出了多么残酷的话来。

于是我伸出手，拼命抵着他的胸口。

"不要！"我小声尖叫，慌乱地摇头，以最后的抵抗捍卫我的尊严。

混乱中，他挨了我两记拳头。可这毫无成效，他强硬地覆盖住我的唇。

像是被催了眠，我一下子安静下来。

暴君！这是此时唯一跳入我脑中的词汇。

与此同时，我听见这个无比贴近我身体的人发出了一声轻不可闻的、长长的叹息。

我的心随着这声叹息，变得柔软起来。

我知道，我又沦陷了，就像一场热病，不挥霍，不发散，也不会结束。

第二次的接吻,来得比初吻更加深入而缠绵,像是用舌尖撬开了灵魂深处,我的意识也仿佛被他吸走了一般,变得恍惚起来。我不由自主地闭上眼睛,至少这一刻,我还能感受到他带给我的一丝温情。

不知不觉,我的手从他的胸口滑落,攀上他的肩膀,就像是要圈住他的灵魂。

"即使这样,你还是等到我出现了,不是吗?"溪原在我耳边低语,一改之前的冰冷,语气意外地温柔,温柔得像魔术师的催眠。

我睁开眼睛,看见楼道的灯光照在他的发丝上,闪闪发亮。我揣摩着他这句话的意思,他说的"等到我出现",是指我等待的这两个小时,还是我等待的这些年?

"对不起,我不是有意要让你生气的!"溪原的手指穿过我汗湿的头发,拂过我滚烫的耳郭。他把额头轻轻地靠在我的肩膀上,似乎很疲倦地叹了一口气,继续说,"代我向天堂里的大天使长忏悔,我差点儿让一个天使从我的牢笼里逃走了……"

他低低的声音透过身体,带来轻微的颤动,我诸多的抱怨突然消失了大半,但是他的忽冷忽热依旧让我感到迷茫:"我会向他告状,告诉他这个人根本没有把我当成天使,只是把我当成一只会唱歌的九宫鸟。"

"芊芊,我知道自己不该这样无理取闹。"溪原看着我,脸色很为难。非常难得看到他露出这种表情,我很受用地凝视着他。

"你知道,最近为了处理演唱会的事情,我忙得焦头烂额,到处联系场地、合作商、赞助商,多方交涉,心情烦躁得像吃了炸药,如果你是九宫鸟,那我就是只呱呱叫、到处飞的乌鸦。"他握住我的拳头,手心都是汗。

"是的,坏心肠的乌鸦。"不过这只乌鸦还挺帅的,被他这种眼神盯着,我总觉得他下一步又会做出什么更激烈的举动，经过一番热吻，我的心跳速度现在大概已经破百了。

这个进展，是不是太跳跃了？到了这个地步，就算要放弃，也已经来不及了吧？谁来阻止我啊！

溪原看着我，眼里带着暧昧的疑惑，只是这一两秒的沉默，就让我快要窒息，因为他又越来越逼近我……

"对了，你说今天有很重要的事情要做，是什么？"我恢复了正常的表情和思维，抬头问他。今天来这里，该不会只是为了和他接吻吧？奇怪的是，乐队的其他成员也不见踪影，难道这里只有我们两个人吗？

这究竟是什么情形？从今天上午到现在，我一直是一头雾水。

"啊！时间差不多了。"溪原低头看了看手表说，"我说了，今天要带你去天堂。"说着，他从口袋里掏出钥匙。

"呃……什么？等……等一下！你……我听你说这句话，怎么觉得怪怪的？"我看着他用轻松的语调说出这句话，突然觉得哪里不对劲，"工作室里不会就只有我们两个人吧？去天堂……我告诉你哦！虽然我们已经亲吻过了，但是我的骨子里还是很传统的……"

"如果你愿意安静一点儿，我就给你一个惊喜。"溪原说着，把钥匙插进钥匙孔，在我脸颊上又飞快地啄了一下。

我躲闪不及，又被偷走了一个吻，瞪了他一眼，心里却忍不住泛起一丝甜蜜。

门被推开了，我诧异地窥见门内的一缕亮光。

"快点儿进去吧！"溪原从背后推了我一把。

我刚忐忑地跌进门，就听见门内响起一阵大合唱般的"祝你生日快乐"！

音量大得差点儿把我震出了心脏病。

我抬起头，看见樱和岑风，还有薛苏，都笑吟吟地站在台球桌旁，而台球桌上多了一个三层的大蛋糕，已经插好了蜡烛。

我的嘴巴张得大大的，久久合不起来，脑袋里盘旋着许许多多的感叹号和问号。

"你……你们……一直在这里？"

"是啊，我们都在等你和溪原进来的那一刻啊！"樱说着，把我拉到蛋糕前。

我看着这个蛋糕，上面点缀着我最喜欢的草莓和奇异果。在此之前，我的生日里从来没有出现过这么奢华的东西。

"今天谁的生日？"我抬起头，还不太相信眼前的一切。

"你数数，蛋糕上有二十支蜡烛，你觉得溪原看起来像是这么青春的人吗？"岑风耸耸肩说。

"啊！今天，今天是我生日！"我眼前一亮，这才想起来，今天是我的生日！我自己都忘记了。没想到，他们，他们竟然为我准备了这么一份意外惊喜！我真的没有想到！跟他们认识并没有多久，他们竟然这么体贴、这么周到地为我偷偷安排了这个惊喜！我猜，一定是溪原从我的学籍卡上得到的信息。

"岑风，快去关灯！"薛苏一边点上蜡烛，一边叫道。

一个漂亮的三层大蛋糕，雪白的奶油上撒满巧克力碎屑，上面铺满草莓、奇异果、小番茄等水果，顶层的蛋糕上还插着一根点燃的彩色蜡烛。四个志同道合的朋友，面上都带着自然热情的微笑，将我围在中间……其中那个将会变成我男朋友的家伙脸上，更是多了一抹像裹了层蜂蜜一样的柔情。之前的日子里，我从来没有想过，我会拥有这么一个独特、幸福的二十岁生日；我也从来没有想过，我苍白单调的生命里会闯进这么一群有着活泼色彩与旺盛热情的人。

"溪原，这个惊喜，你怎么不早点儿告诉我，让我等了那么久！"我差一点儿就看不到这个惊喜了，如果那时我没有被那个吻挽回的话……

我回头寻找溪原的身影，他站在我身后，手里捧着不知从哪儿拿来的一大束粉红色的玫瑰。

"生日快乐！"溪原把花轻轻地递给我。

我突然觉得，他看起来不那么轻浮了。

"这花，是给我的？"短短的十分钟里，实在发生了太多事，人生第二个吻，哦，第一个舌吻，人生第一个三层大蛋糕，第一束玫瑰……我轻轻地捧着花，觉得它珍贵得像是清晨刚从女王的花园偷偷摘下来的，每一片花瓣都盛载着许多美好的情感。

"这有什么值得怀疑的吗？"溪原看着我，眼里含着笑意，"如果可以的话，能让明年这个重要的日子，成为交往一周年纪念日吗？"

"呀！"樱捧着脸颊尖叫起来。

工作室里爆发出一阵集体"狼嚎"。

"我……"每个人都注视着我，我憋得满脸通红，没想到，溪原会在这样的场合向我告白。是吧，这算是告白吧！

"反正我们都走到这一步了，就算你的心拒绝了我，你的身体似乎还不能拒绝我。"他的表情仿佛在说，我吃定你了。

"喂！"听他说些莫名其妙的话，我的脸越来越烫，我想，再修炼一百年，我也没办法像他一样不结巴地说出这种话来，"我想我们的关系似乎还没好到那一步！"

"是吗?那你觉得我们到哪一步了呢?"溪原又逼近一步,降低了音量,"快点儿决定……"

"我……如果你能注意一下你的措辞,我想我可以试试看。"为了阻止他说出更多不害臊的话,我连忙答应了他。

"什么?你刚才说什么?再说一遍。"溪原拧起眉毛问,"声音太小,我听不清楚。"

"你……"我正想发作,深吸了一口气,我知道他又想捉弄我,他这些日子最大的乐趣大概就是看到我气急败坏的样子吧。"好吧,我答应!上天堂也好,入地狱也罢,我和你一起,满意了吗?"

我的话音刚落,周围响起一阵零零落落的掌声。

"很好,有魄力!"岑风鼓了两下掌,吹了一声响亮的口哨,又拍了拍溪原的肩膀,"老兄,你的告白台词好长好烂……"

"我的天!你们是什么时候发展成这种关系的!"捧着脸颊的樱似乎还没从刚才的场景里清醒过来。

薛苏一边分蛋糕碟一边说:"哦,我一直觉得有哪里不对劲,原来是粉红色的玫瑰。溪原,你捧着粉色玫瑰的画面实在太可怕了,不但娘得要命,而且你不知道粉红色玫瑰的花语是'初恋'吗?作为一个曾让无数美人洒泪的你,怎么可以捧着一束那么纯情的花?"

"花最终会落在一个纯情的人手里,我选了粉红色,这有什么不对?"溪原说着,把我推到了蛋糕前,"来吧,吹灭蜡烛,许个愿,祈祷三年后我们在迪拜沙滩上热吻的照片登上全世界娱乐新闻报纸的头版……"

我苦笑了一下,望着眼前摇曳的烛光,撇开这个不着边际的愿望,我只希望我能在对的时间遇到对的人,希望这些日子里美好的人、事、物不要只是个短暂的美梦，希望我的付出都能得到相应的回报，无论是对音乐，还是对感情。

我想，十九岁的夏天真的结束了，二十岁的生日，我收获了温暖的友情、一个三层大蛋糕，还有一个虽然有时有点儿坏心眼却让人很难拒绝的男朋友，对我来说，这已经远远超出我的想象。生活总是在我意想不到的时候送上惊喜。我没有后悔当初的决定，乐队这条路接着走下去，又会有多少惊喜等待着我呢？

"第一块蛋糕给寿星。"薛苏切了一块点缀着三颗草莓的蛋糕给我。

我早餐没吃，早就饿得前胸贴后背，立即眼睛发亮，毫不顾忌形象，低头啃掉一大口。

溪原切好蛋糕，回过身来，伸手擦掉我脸颊上的奶油，皱着眉头说："寿星？芊芊，你也才二十岁而已吧？还能继续发育吧？"

我白了他一眼："我想我的发育不需要你来操心。"

溪原摸摸我的头，还想说话，他口袋里的手机却响了。

"喂……我是，什么？不对，你是不是搞错了……"

看着溪原越来越紧的眉头，我的心里立即升起一种不好的预感。

"好的，我马上过去看看。"溪原对那头说着，看了我一眼，看见我不满的眼神，无奈地挑了下眉毛。

每次接吻过后，他都会毫不留恋地抽身离去，看来这次也是一样。

"有点儿麻烦……裁缝那边出了点儿问题，可能是用错了花边，可是电话里又说不清楚，我得过去看一下。"溪原转身对岑风他们说着，又从桌上迅速地挖了一口蛋糕塞进嘴里，"薛苏，你也跟我一起过去看看！我记得那块布是你买的吧？"

"是，我跟你过去看看。"薛苏的表情也变得严肃起来。

"找裁缝做东西就是这样，不盯着点儿，就很容易出问题。"溪原用一张纸巾缓缓地擦去手指上沾到的奶油说。

"我也一起过去？"看着溪原正准备往门外走，我出声叫住他。

"这些粗活儿不需要你操心，你只管专心唱歌就行。"他站住，捏捏我的脸颊说，"而且……你也快考试了吧？"

我咬着下唇，一时说不出话来。告白后的半个小时，他居然还能考虑到我的功课，虽然有时候他冷漠得看起来像一座冰雕，有时候在某些小细节方面却又体贴得让人难以招架。虽然我还是不太了解溪原，但是我渐渐发现了他不一样的一面。

其实，我只是想和他待在一起，看着他在我旁边走来走去，对我说说话。可是这种话，我怎么说得出口呢？

"怎么，今天不是专程来约会的，你感到失望了吗？"溪原似乎从我的表情看透了我的心思，原本冷漠的眼神柔软了一些。

"我才没有这么想呢！你不要太自恋了哦！"二十岁的生日，能收获这么多惊喜，对我来说已经很满足了，只是我没想到有溪原在的生日宴会持续的时间只有短短的半个小时。

"真是够了！要打情骂俏眉来眼去请在你们的二人小世界里尽情地做，好吗？捧了一束粉红色的玫瑰就可以尽情卖弄少女情怀了吗？"岑风揪着头发，一副就要受不了的样子，"溪原，你要走就快点儿走吧！"

"岑风，你们老夫老妻是不会理解粉红色玫瑰情结的美好的！适当地燃烧荷尔蒙有助于寻找作词作曲的灵感，你总是不注重生活里的这些小细节，难怪到目前为止你连一首像样的曲子也做不出来！"

溪原的反驳驱使岑风迅速地抄起地上的吉他向他冲了过去。

"哦，换一把好吗？那把很贵的！"溪原提醒道，一边拉住我的手撇下一句，"晚上我们一起吃饭吧！"还不等我回答，随后就在岑风的怒吼声中以光的速度逃离了现场。

溪原的脚步声消失在楼道的尽头，工作室里经历了几分钟的沉默。

我叹了一口气，回头问坐在台球桌前默默地吃着蛋糕的两个人："溪原最近都会这么忙吗？"

"为了演唱会的事，他要跑场地，多方洽谈，监督裁缝做衣服，还要作词编曲兼谈恋爱，你说他忙不忙？"岑风舔了一下嘴边的奶油，看着我轻轻笑了。

"他还会作词编曲？"我诧异地瞪大了眼睛。

看来我太小看溪原了，作为乐队的队长，他不只是动动嘴使唤别人而已，有很多事情，他都亲力亲为。

"是啊，这次的演唱会，所有的歌都是他一个人作词作曲的哦！"樱眨眨眼说，"啊，其实不止这次的演唱会，应该说，这个乐队所有的歌，有百分之九十五是他的作品。"

"百分之九十五！你这说得也太夸张了吧！"岑风笑了起来，"我们的歌还没有一百首呢！你干脆说全部好了！"

"只写过一首烂歌的人没有资格说风凉话哦！"樱敲了岑风的头一记。

"哇——"我的嘴巴被惊叹塞满，几乎合拢不上，不得不说，这又是一个惊喜！原来我之前听过的那首很棒的歌，也是溪原的作品！"原来他这么厉害啊！"

"没想到吗？其实他可能比你想象的还要有才华哦！"樱接着说。

　　"唉,果然乐队不是随便弄着玩的,还是要有实力才行……"我想了想会独立创作的溪原,看了看有一个姐姐曾是职业歌手的樱,又看了看有八年吉他经验的岑风,又想了想在过去的二十年里只会捧着课本死读书的我,突然觉得自己很渺小,我真的能在这个乐队里担任主唱这么重要的角色吗?

　　樱抬头看看我若有所思的表情,似乎明白我在想什么,安慰似的说:"芊芊,你也不差啊!你该知道,溪原是个很挑剔的人,脾气又差到爆,他会挑上你,说明你真的很有潜力哦!想一想,别人苦练多年甚至都不能拥有的好嗓音和好乐感,你天生就有了,这是上帝赋予你的天赋,你要好好发挥呀!"

　　"嗯!"听了樱的话,我点点头,心里忍不住泛起一丝窃喜。我一定要好好努力,不能辜负大家对我的期望!

　　太阳落得很快,夜色迅速笼罩了这座城市。我看着窗外,偶尔走过一对互相偎依的男女,沐浴在黄色的灯光下,影子被拖得很长。

　　我不知道溪原在哪里,或许还在裁缝店里忙碌着,又或许和谁在某个料理店里,压根忘了他离开时说要约我吃饭的事。

　　难道他说的是夜宵?

　　我坐在工作室的一盏小灯下,翻着一本乐理书,当我看不下去时,就把书包里的英语书拿出来,偶尔和樱讨论一下乐理问题。

　　每翻过几页书,我就忍不住摸摸桌上的手机,想给溪原打个电话,但是我该怎么说呢？难道直截了当地问，你不是今天晚上要约我吃饭吗？怎么又放我鸽子？

这不是我的作风，也不适合溪原这样的人，与其得到一句冷冷的回答，比如"哦，抱歉，我忘了，已经吃过了，改天吧"，那么我想我大概承受不住那样的失落，我宁愿相信他是忙昏了头，才把一块吃晚饭的事情给忘了。

七点半，我悄悄地溜了出来，在路边买了一碗炸酱面，没想到这碗面的分量大得足够填饱两个我的肚子，只是小菜少得可怜，只是薄薄地覆盖在面上，它就像我现在所经历的感情，看起来很丰满，但是我只尝到了一点点的甜头。

我叹了一口气，心想，这顿饭，本来应该是两个人一起吃的。我大口吃着面，看着对面一对年轻男女正有些不讲卫生地玩互相喂食的幼稚游戏。或许爱情就是一种会让人智商降低的游戏吧，自从我跌入这条河里，学习能力就下降了，阅读变得困难起来，但是这段感情，最终还是没能变得热络起来。或许我和溪原，终究还是太理智，尤其是溪原，他的头脑比我清晰得多。

躺在床上，我最后看了一眼手机里空空如也的收件箱和来电显示，把头埋进被子里，闭上眼睛，每一根神经都在呼唤着睡眠，可是脑海里却不断闪现出上午在工作室里发生的事。谁叫溪原站在三层蛋糕前捧着一束粉红色玫瑰的场景那么具有冲击性呢？那时，他那么专注地看着我，眼眸就像要把我吸进去一样，可是，晚上我只能坐在街边一个人吃下一大碗炸酱面。

他是真心的吗？我不希望这只是一个随心所欲的游戏，因为我已经踏进了游戏区，游戏规则却要由他一个人来制定，这不公平。

我在床上翻来覆去，怎么也不能平静下来，摸到枕边的英语书，突然想起今天我只看了几页单词，英语等级考试却在一步步临近。之前我觉得，溪原总是会在不经意间打乱我的学习计划，但是今天，我才发觉，真正影响我学习

的,是我那颗躁动不安的心。

"芊芊,你怎么还没睡?"

察觉我的床头亮着灯,妈妈在房门口向里探,我连忙用英语书把乐理书盖住。

"哦……我睡不着,干脆多背几个单词。"

妈妈走进来,看着我凌乱的床上堆积如山的课本和摊开的英语书,什么都没有怀疑,只是有些心疼地柔声说:"不要熬夜了,注意身体啊,还是快睡吧!明天早点儿起来再读。今天复习得怎么样?明天还要去图书馆吗?环境好吗?"

我急忙点头,撒了个谎,面不改色:"还好,那里氛围很好,有很多同学可以讨论,我明天还去的。"

"哦!"

我一阵心虚,这些日子,我总是用去图书馆的借口偷偷溜去工作室,要是告诉她我在乐队当主唱,她肯定以为我读书昏了头,竟说起梦话来了。在她看来,我课业繁重的生活里,顶多只是和同学去唱歌调剂,社团活动都是遥不可及的浮云,更别提交什么男朋友。

我甚至已经可以想象到,真相大白之后我妈暴怒的表情,接着我就会像祝英台一样被关在小黑屋里,只能听见外面的世界传来一声愤怒的吆喝:给我好好反省反省吧!

我深深地沉浸在新一轮的烦恼里,久久不能自拔。

第二天,我像昨天一样,背着塞满课本的重重的书包出了门,除了唱歌和溪原,现在没有第三件事能让我瞬间亢奋起来,这大概就是加入乐队的副作用吧。

整整一个下午，我都在乐理知识的广阔海洋里奋力地遨游，而老师就是拥有一个职业歌手姐姐的樱。虽然樱也说我的声音底子好，但连五线谱也不会看的我，学起这些东西来还是略显吃力，什么"跳音"、"气息控制"、"麦克风技巧"，我听都没有听过，只有在"喉部解剖"这门课上，我发挥了我生物专业的特长，轻松地全盘吸收了。

　　嗓音就像一台小提琴，而人的整个身体就像一个完美的乐器，这个乐器比我想象的还要复杂得多。在乐队的所有成员面前，我简直是只菜鸟。

　　"樱，我什么时候才能像你那样掌握那么多的乐理知识呢？""乐理知识辅导课程"结束后，我们在窗边坐下，泡一杯茉莉花茶，抚慰发干的声带。

　　"芊芊，别这么说，其实跟专家比起来，我也不过是只菜鸟。"樱捧着手里的杯子，不好意思地笑了笑，"很多小窍门都是姐姐告诉我的，在这方面她帮了我很多，昨天晚上，为了给你上课，我还请她帮忙写大纲呢！"

　　"你有这样的姐姐真好！她一定也是音乐学院出身的吧？"

　　樱点点头说："虽然是这样，但是你看，很多港台地区的流行歌手，都不是科班出身啊！课本上说唱歌一定要咬字清晰，可是你看周杰伦，还不是照样红遍了大江南北？很多事情没有定论，什么都不是一成不变的！"

　　我细细咀嚼着樱的最后一句话，觉得这里面的道理很深。

　　"难道说那些流行歌手就不需要学习更多的乐理知识，包括练声吗？他们没有专业的老师指导，一开始是怎么学习的？"

　　"啊，其实很多欧美大牌明星和港台歌手，都是靠听别人的歌来学习的，唱片机就是他们的启蒙老师，你想想，如果一个人把惠特妮·休斯顿的唱腔学到极致，模仿得一模一样，那么她肯定会包揽许多比赛的奖项啦！"

　　我点点头，原本微弱的自信又被提了一些上来。

两个人正聊得热火朝天，工作室的门突然被用力推开，汗流浃背的溪原出现在大门口，表情阴郁得像刚刚经历了一场恶战。

"妈的，累死了！"溪原长长地吐出一口气，用充血的双眼瞥了我一眼，昨天上午展现过的温情荡然无存，他现在看起来就像一个火球，谁碰上谁烫伤。

他一进门就瘫在了沙发上，像条死鱼一样不愿再动一下。我默默地走过去，很自觉地递给他一杯茉莉花茶。

外面气温高达三十五摄氏度，烈日炙烤着整条街道，大概也蒸发走了溪原脸上本来就不多的温情。也难为他为了演唱会的事情东奔西跑，哪里有心思约会吃烛光晚餐？

"谢谢。"他接过杯子，一口喝干，这才抬了一下眼皮看看我，懒洋洋地靠在沙发上，"今天学声乐？课上得怎么样？樱，这个学生应该还不算太笨吧？"

"你放心吧！人家怎么也是生命科学院的高材生，聪明得很，一教就会！"樱几乎没有犹豫地响亮回答。

我不禁感动得热泪盈眶，樱不但给了我自信，还帮我说好话，简直是我贴心小棉袄一样的好朋友！

"是吗？"溪原抬头看了我一眼，脸上除了疑惑还是疑惑，"我倒希望你说的话是真的，忙活了一天，我真想省心点儿。"

"樱说的是真的，你开心吗？"我弯下腰，看着他无精打采的脸。

"开心。"他有气无力地回答，接着就顺手抄过帽子盖在脸上，一点儿也看不出开心的迹象。

不愿意看他这副疲倦的样子，我想逗他开心点儿，于是清了清嗓子，说：

"要不要我向你展示一下练习的成果？"

他在帽子下沉闷地回答："那就唱啊，没声音没真相。"

我微微一笑，心想，今天一定要让他大吃一惊，看到我的进步！

于是，我很认真、投入地唱了一首《橄榄树》。

一首唱毕，溪原没有动静，过了十几秒，他才拿下帽子，缓缓地开口："好好的一首歌都被你给毁了。"

我心里往下一沉，脸上的微笑顿时消失了。

"是吗？我觉得她已经唱得不错了！"似乎是为了缓和气氛，樱在一旁大声说。

"芊芊，这是一首朴实的歌曲，你为了炫耀你的技巧，在里面加了那么多的花腔，这有意思吗？这首歌原本应该拥有的淡淡的乡愁，我在你的声音里一点儿也听不到，反而像是一个女子正要赶去和一个小混混约会。还有，最后的高音，你是硬唱上去的，这个问题我之前已经提醒过你了，你却一点儿没注意，你要是一直这样唱下去，嗓子总有一天会坏掉的。"溪原把帽子戴回头上，叹了一口气说，"这是怎么回事？啧啧，当初选你当主唱是不是个错误的选择呢？"

像是被一巴掌打在脸上，前一秒还拥有的愉悦与和谐完全被溪原的冷水浇灭了，我愣愣地站在那儿，像个被拒之门外的傻瓜。

溪原到底还是对我失望了吧？

"溪原，别这样说芊芊嘛！人家也是很努力的呀！"似乎是看不下去，樱忍不住说了一句。

但是溪原像是睡着了，一点儿回应也没有。

这个家伙，不但忘记了昨天约我吃饭的事，眼下还给我浇了一头冷水，在

他的心目里,我到底是什么啊!

我盯着溪原的脸,期待着他再说点儿什么,哪怕是一句稍微柔和一点儿的,挽回我被砸碎一地的自信,这是我给他的最后一个机会。

几十秒后,我却听见了他细微的鼾声。

这个浑蛋,真的睡着了!

这种屈辱,比我考试不及格还难过。我再也忍不住眼里委屈的泪水,不顾樱投来的关心的目光,转身离开了这个空间。

这不是情侣之间会有的对话,我也想像其他的女孩一样,对着喜欢的人撒娇,但是冷静地想想,如果我走回去,哭哭啼啼地缠着他不放,他八成会把我拍飞到天上去。

溪原就是这样的人,他像一只盘旋在天空的鹰,高高在上,偶尔飞下来,在我的身边摸摸我的头。但是大部分时间,他总是冷冷地、居高临下地看着我,他的表情似乎在说,努力变强吧,当你的翅膀和我一样丰满的时候,我们才能站在同一个高度上对话。

如果我不做出改变的话,情况也不会有所改善。

擦干眼泪,我满心不甘,我不愿意就这样投降,无论是恋情也好,音乐也罢,既然已经决定踏进这个大门,难道我要哭哭啼啼地退出吗?

我不想就这样结束!

在我的世界,我的步伐一直是跟随着溪原的脚步转动,像个被尽情摆布的傻瓜。我希望有一天,我能做出点儿成绩,看看他惊艳的表情,然后……

让他彻底地爱上我,只看着我一个人,深深地……不能自拔!

CHAPTER 09
第九章
不完美的约会

♪

周二的中午，我接到了樱打来的电话——

"芊芊，你还好吗？真是抱歉，被溪原那样说，心里一定很难过吧。其实，他就是这样的人，作为乐队的队长，他要比别人更快地走在前面。之前也有一些人想要加入乐队，但是有很多人都受不了他的这种性格离开了。从某些方面看，他看起来似乎有些不近人情，不过，他还是有他的分寸的。"为了上次的事情，樱再一次安慰我。

"樱，你不要担心，通过这段日子的交往，我大概了解溪原是怎样的一个人了，我没有气馁，你放心，我不会被他一两句冷言冷语就打败的！今后，我还要更加努力地向你请教乐理知识呀！"站在校园的林荫道上，我用带着笑意的轻松语调回答着。

樱似乎听出了我的斗志，长长地松了一口气，高兴地说："太好了！你夺门而出的时候，我的心里不知道有多担心！溪原是个特别任性的人，你能忍受这样的他，真是不容易！你们在一起，要是交往上有什么问题，随时可以找我谈心，我可以当你的感情顾问哦！"

"真的吗？真谢谢你，有你这么贴心的朋友，我真的好开心！"

"对了，芊芊，你想不想面对面跟我姐姐讨论音乐？"

什么？樱的姐姐，可是那个明星——灵啊！

"当然想啊！"我眼前一亮，毫不犹豫地回答。

"嘿嘿！告诉你一个好消息，我姐姐要来学院上课了！我把课程表发到你邮箱，你可以来听课哦！她讲课很系统，讲得比我好多了，还有丰富的实例，相信对你现在的情况很有用哦！"

"真的吗？太好了！可是……为什么……"听到这个意外的惊喜，我激动得叫了起来，差点儿踢翻了脚边的垃圾桶。

"是这样的，我们学院的声乐老师临时出差，所以学院就动用关系，找我姐姐来代课啦！"

"啊！这个消息肯定很轰动！"

"是啊，所以你要是去听她的课，一定要做好准备，备一把椅子去，抢不到位子的话，至少还能坐着，要是去晚了，恐怕连门都挤不进去了哦！"

"好，放心吧！我会以狗仔队的精神去听她的课的！哪怕刮风下雨、电闪雷鸣，我也会准时到场的啦！"

CHAPTER 09 第九章 不完美的约会

接下来的一个星期，我逃了几次课去听歌手灵的课，这也是我第一次近距离接触这位一直很仰慕的歌手。在我的印象里，她一直是美丽、坚强、敬业的女性。她曾经创下占据销量排行榜第一名连续几周的纪录，是许多人追逐的偶像，时隔多年，她依旧是那么美丽、坚强，就好像时光在她身上一点儿也不起作用，她的脸上充满了自信。

在课堂上，她告诉我们，并不是懂得看五线谱就拥有高尚的音乐素养，也

并不是一定要拥有动人的声音才能成为歌唱家，真正能打动人心的音乐是用灵魂去唱，用生命去唱的。

听到这里，我回想起溪原那天躺在沙发上对我说过的话。

突然，我觉得他说的话也有一定的道理，只是太过刺耳。

他是一个无情的评委，而我是台上那个懵懂的参加选秀的新人，要把这条路走下去，我首先要学会接受那些不中听的评价。

灵的讲课像一记有力的强心剂，给我带来了强大的震撼，走出教室，我暗暗下定决心，要以灵那样成功的歌手为目标，在这条路上不断前进！

"你去听灵的课了？"岑风惊讶地看着我，"你不是快考试了吗？"

"人家好不容易有学习的热情，你不要打击嘛！"樱掐了他一把，看着我问，"芊芊，这几天你来上课，觉得有什么收获吗？"

坐在工作室里，我们谈论起了樱的姐姐——灵。

"我的收获很大！她真的是个很厉害的人，听了她的课，我觉得我的思维一下子清晰了好多，有种豁然开朗的感觉！"

"那真是太好了！"樱笑着说，"我还担心你会觉得无聊呢！说真的，声乐这门课，听起来好像很有趣，但实际上，很多知识都是很枯燥的，遇到瓶颈的时候，就更是让人烦躁了！"

"樱，我想问你一个问题，你和你姐姐，是因为什么契机上了音乐学院的呢？"

"因为我爸爸和妈妈都支持啊！"樱大声回答。

"什么，就这么简单啊？"我感到一丝无力，她的理所当然对我来说简直是遥不可及的梦啊！

"而且我们都喜欢音乐嘛！"樱想了想，又补了一句。

"废话！"

薛苏似乎想到了什么，突然问我："芊芊，你的爸爸妈妈是不是也支持你来乐队当主唱？"

突然谈到这个问题，我像是嘴巴被塞了一个鸡蛋，一时间什么话也说不出来。

看见我为难的表情，大家似乎猜到了什么，一阵短暂的沉默淹没了桌前的四个人。

"这件事……我还没跟家里人说呢……"过了许久，我才用干涩的、微弱的声音道出了真相。

岑风和樱面面相觑，他们的表情没有太多的惊讶，有的只是满满的担心。

"他们满心希望我考上研究生，在研究所找个好工作……唱歌这种听起来多少有些不切实际、缥缈得像海市蜃楼的事情，叫我怎么能轻易说出口呢？"

"我能理解你。"岑风表情凝重地点点头，"其实我爸爸是医生，家里从小就给我灌输长大要当医生的概念，我却走上了音乐这条路。填志愿的时候，我报了音乐学院，为了这件事，我被软禁了半个多月，连手机也被关机锁到了抽屉里，花了大把心血珍藏的唱片被当成了破烂，撕碎的音乐杂志就更不用说啦！那个时候，我连想死的心都有了！"

没想到岑风还有这样悲惨的过去，听他娓娓道来那段灰暗的岁月，我顿时对他刮目相看。

"后来呢？"

岑风不好意思地笑了笑，抓了抓后脑勺说："因为我文科成绩实在太烂，又是艺术特长生，最后我的选择也只有音乐学院这条路。我四肢健全，还有一个思维清晰的头脑，他们总不能一辈子把我锁在家里，甚至绑在床上吧！

吉他砸烂了,我还能再买,但要我选择一个不爱的专业,那么我一辈子都会痛苦!"

我为岑风的话深深地折服,可以想象得到,要这么彻底地违抗父母的旨意,需要多么坚强的信念!

但是,我没有这样的勇气。

爸妈寄托在我身上的期望是那么美好,我真不忍心打破它,看见他们悲伤失落的脸,我的心也会一样难过。

更重要的是,我妈是个很专制的人,要是让她知道我在乐队当主唱,她一定也会反对我,甚至逼我退出乐队,到时候我该怎么办呢?

"芊芊,你不妨跟你妈妈好好说说,这么隐瞒下去也不是办法。如果他们知道你美好的人生理想和计划,再看看你现在痛苦的学习状态,说不定会答应呢?"樱眨眨眼睛对我说。

"樱,这种事情哪有你说的那么轻松啊!"我无奈地苦笑着。

"我觉得啊,与其在讨厌的事情上成功,不如在喜欢的事情上跌倒!芊芊,我支持你!"突然握住我的手,樱望着我,眼里放射出激情的光芒。

我的苦笑僵在了脸上。

我想,也只有拥有这么开明的家庭的樱,才能用这副天真的表情,说出这番话来吧!

唉,我的母亲大人,手段有多么可怕,天真无邪的樱,能想象得到吗?

不知不觉已经是傍晚七点多了,我带着一种难以形容的既澎湃又失落的矛盾心情走出了工作室,向回家的方向走去,就像是从一个美好的梦境走向残酷的现实,心情在一点点低落。

"嘿!美女,要不要搭顺风车?"

刚走出十米远，一辆熟悉的红色跑车悄无声息地驶到我的身边，我的心猛地跳了起来。

再度看到溪原那张好看的脸，日前发生的种种一齐涌上心头，我有股冲动想一拳招呼上他那张若无其事的脸，却又想冲上去狠狠地抱住他。这种心情真是难以解释的矛盾。

我放慢了脚步，绞着手，却始终拉不下这个脸，不客气地问："你不是很忙吗？怎么还有空载我？"

"为了向一位被我伤了心的小姐赔罪，我再怎么忙也要抽个空儿。"溪原靠在车门旁，像一头瞄准了目标的大型猫科动物，"上次我说要一起吃晚饭，最后却没有实现，你一定等我等到失眠了吧？"

"我……我才没有呢！因为约会取消了，我多背了好多单词！"我抬起下巴反驳，却不经意间红了脸。

"哦，是吗？"溪原挑起一边眉毛，"我今天可是想为了补偿你，带你去个像样的地方吃点儿好的，既然你这么挂心学业，我也不忍心强人所难。"他说着，扭过头去，装模作样地叹了口气，把手放回到方向盘，"唉，我好想念那家的三文鱼，肉好厚，晶莹剔透，每一块都来自挪威冰冷清澈的海水，最适合夏天享用了……"

"你……你分明是故意要气我，是不是？"看他作势要走，还故意说些让我流口水的话来刺激我，我一跺脚，急了，"你这个样子，哪里有一点儿要补偿我的诚意？"

溪原把车停下，恢复严肃的表情，打了个响指："干脆点儿，一句话，要不要上车？"

我犹豫了一下，还是没能拒绝他的邀请，绕到右边，打开了车门。

♪

半个小时后，我坐在一家五星级酒店的西餐厅里。

我坐着的单人皮沙发，看起来古典得像上个世纪的古董，不大的方桌上，一小束艳丽的红玫瑰被恰到好处地插在小巧的玻璃容器里，一只手腕粗的白色香薰蜡烛被服务生点燃，温暖而摇曳的烛光散发着一股温馨的香气。我有些拘谨，僵直着背，抬头看着溪原背后的墙，墙上挂着一排排整齐的核桃色木质相框，里面是一张张怀旧而优雅的黑白照片。

我以为他会带我去牛排店或者日本料理店，但是没想到，他会带我来这么高消费的场所。几米外，几个老外围着一张桌子，小声地聊天。离我最近的那位女士穿着一条宝蓝色的丝绸裙子，齐整而精致的压褶和她脑后温婉的发髻，让她看上去气质高贵。溪原以一种极度放松的姿态靠在那张单人沙发上，他看起来和那些老外一样，和这个高级酒店极为和谐，只有我这个穿白T恤牛仔裤的学生，不知所措地四处张望，就像一个无意中闯入酒宴的陌生人。

"溪先生，真是抱歉，今天您喜欢的烟熏三文鱼刚好没有了，大扇贝也正缺货中。这几天我们正在举办泰国美食节，要不要来一份咖喱蟹？白咖喱很美味，虽然您没有预约，但是我可以弄一份给您尝尝哦！我记得您喜欢吃酸辣口味的，不妨尝一下泰国特有的冬阴功汤哦！"

站在桌旁的是一个穿着宝蓝色套裙的高个气质美女，我看见她的胸牌上写着"西餐厅经理"。听起来溪原不仅是这里的熟客，还是贵宾级的，居然能让堂堂一个经理特地为他服务，想必他不简单。

我瞄了一眼摊开在我面前的菜单，大幅的美食照片，精美的印刷，可是价格却贵得离谱。我实在不能理解，一道简单的木瓜水果沙拉，居然要卖到七十六元！而一杯可乐居然要三十元！

"芊芊，你看你想吃什么？"溪原抬头问。

"呃……你定吧，我无所谓。"我觉得，在这张菜单上无论点什么，都会让我有种犯罪感。

"好吧，我要一份咖喱鸡、冬阴功汤、虾酱空心菜、月亮虾饼，再来一份杂果乳酪沙拉……"溪原看也不看菜单，熟练地丢出一溜菜名。

"饮料我要橙汁就好了！"我插了一句，"呃，溪原，不要点太多，我的食量很小的。"

溪原皱眉看了我一眼，似乎有些鄙夷，回头指着菜单对女经理继续说："再来一瓶这个红酒。"

菜很快端了上来，摆满了整整一桌，可他只是小口地啜着红酒，筷子动得很少。

一个问题萦绕在我心头许久，我终于忍不住开口问道："溪原，你……经常来这种地方吃饭吗？"

"经常这么吃的话，也会腻的，其实我更喜欢自己从超市买点儿材料回去煮意大利面……问这个干吗？"

听见他用这么轻松的口吻说话，我心里更加确信了："喂，其实你真的是富二代吧？你爸不会是这家酒店的老板吧？"

溪原皱起眉头，奇怪地看着我说："某种意义上，可以这么说，不过……"

"什么！我不过是随口说说，没想到真的说中了啊！原来你真是有钱人家的少爷啊！"我的脸色刷地变得煞白，激动地打断了他的话，"其实我一直都有这种感觉，从第一次见到你的时候就有了，你那辆红色的跑车，怎么说也要值上百万吧？"

"我可不是什么少爷哦！如果你想嫁入豪门的话，恐怕我要让你失望了！我爸才懒得管我，要不然，我也不用为了壮大乐队天天东奔西跑，狼狈得像条狗一样。"

这是我第一次听溪原说起他家里的事，当说到他父亲的时候，他的脸上似乎有一种淡淡的悲伤。我想，那大概是我很难碰触的世界，于是我低头嘀咕了一句："我才没有做豪门梦呢！"接着，不再追问下去。

短暂的沉默之后，桌上的手机振动起来，又是一条短信。我打开手机，一行刺眼的感叹号映入眼帘，妈妈一连给我发了四条短信，质问我为什么这么晚还不回家，每一条都愤慨激昂。我为难地咬着下唇，想了想，只好无奈地打了一行字回过去：对不起，塞车了，我再过一会儿就到了。

可是，从酒店里走出来，已经是深夜十二点了。

晚餐很完美，色香味俱全，还有帅哥相伴，但是我已经能想象得到，在这个城市的那头，家里那位威严的母亲大人，正坐在大厅里想着一会儿怎么修理我。

按规定，今天晚上的这个时候，不，两个小时前，我应该早就乖乖地洗了澡窝在床上看书，可是，我现在在和溪原约会。

我一直很想提醒他，时间已经不早了，但每次都被溪原打断。

这不能怪他，只怪我，舍不得放弃这个难得的梦幻约会时光。

这是一个梦，我不想醒来，虽然再过一会儿，我或许要遭受母亲大人狂风暴雨般的责骂，但是我的内心深处不想放手。

黑暗的街角，我们接了一个充满酒气的吻。

接着，溪原从背后抱着我，把全身的重量压在我身上，在我耳边喃喃地说："我喝醉了，你送我回去吧！"

"原来丰盛的晚餐之后有这样的大麻烦啊，早知道我就不吃了。"

"居然对你的男朋友说这么冷淡的话！你忍心把醉醺醺的我一个人丢在街上吗？万一我第二天上了报纸头版……"

"啊呸呸呸！有你这么说话的吗？"见他真是越说越不像话，我忍不住叹了一口气，打断了他的话，"你这样也没办法开车了，算了，我坐出租车送你回去吧！"

向右望出窗外，能看见平静的黑色海面，在皎洁的满月下闪着微光，在溪原的指引下，出租车绕上了海边的路，路边的建筑物在渐渐变少，被更加茂盛的植物覆盖。

当他俯身向前，指着窗外一排白色的高级公寓，口齿清晰地说"往那里开，停在保安亭前就可以了"的时候，我觉得我又一次被他玩弄于股掌之间，转过头对他说："其实你根本没喝醉吧？"

溪原凑近我，把酒气喷吐在我的脸颊上，小声说："酒驾不能开车，这是常识。"

那么，我和他坐在一辆出租车上是为了什么？

我完全可以再打一辆车回家，不是吗？

坐在他的旁边，我觉得自己就像一个傻瓜。而溪原看着我的眼神，似乎也是这么说的。

"下车啊！"一转眼，溪原已经站在车外，正把手伸给我，催促道。

就像吃了迷魂药，我又稀里糊涂地把手交给了他。

"这么晚了，我也不放心让你一个人回家，我想，你还是跟我在一起比较安全些。"溪原说这话的时候，半张脸在阴影里，眼睛闪着冷冽的光，看起来"不怀好意"。

"安全些……是吗？"我重复着他的话，满脸的狐疑。

电梯在二十三楼停下，打开一扇沉重的大门，一盏十六头水晶吊灯在头顶高处亮起，呈现在眼前的是一大片落地窗，外面是漆黑的大海。

简洁的现代式装修风格，没有太多的杂物，过分的干净让整个居室看起来像是酒店总统套房，富丽堂皇，却没有生活气息。

原来这就是溪原的家，坐落在海边的一套高级公寓里，两米六的挑高，两层空间，豪华又冷清。

我也曾梦想过住在一套能看得见太阳从大海上升起的房子里，这里比我想象中的还要华丽，但是它的沙发上应该有一条温暖的毛毯，茶几上应该凌乱地放置着几本音乐杂志和喝了一半的红茶，架子上应该放着各种琳琅满目的小玩意，比如和妈妈的合影，或者去巴厘岛旅游时带回来的钓鱼的小猫木雕。然而，这些东西，哪怕一样都没有。

"喝点儿什么？"走进门里，溪原问。

"只要没有下毒的都可以。"看见他那双酒气未消的泛红的眼睛，我的警惕心又提了起来。

溪原勾起嘴角轻笑了一下,用一种诡异的眼神上下打量了我一番,又用一种不正经的口吻缓缓地说:"芊芊,我并不是一个着急的人,就像对待美食,我喜欢细细地品尝。"

我瞪了他一眼,脸却禁不住发烫起来,天知道我到底是哪根筋接错了线,居然跟他到了这里来!眼下是孤男寡女同处一室,而且还是午夜时分,酒醉之后!这在以前,是我连想也不敢想的情景,以我的接受程度,顶多是两个人看完电影,手拉手到路边拦出租车,最多在车上接一个充满爆米花甜味儿的吻,现在我居然踏进他的家门!该说我是自己硬要往火坑里跳,还是被香薰蜡烛熏昏了脑袋,总之我正在向万劫不复前进着……

"没关系吗?"溪原用一块湿毛巾擦了擦脸和身体,给自己倒了一大杯水,然后向我沉着地一步一步走来,像是刚从草丛里瞄准猎物的大型猛兽。他上臂隆起的肌肉滴着水珠,在黄色的灯光下闪闪发光,构成一幅诱惑的画面,"我们这样做,真的没关系吗?"

他的包围圈正在缩小,我被强大的荷尔蒙冲击得六神无主,眼神闪烁地回答:"什么?你,你想做什么?我还不想这么快……"

溪原停住了脚步,奇怪地看着我说:"你干吗用那种看色魔的眼神看着我?即使是色魔,我也会是个有品位的色魔,不会摘取那些还未成熟的果实的。"

"你……"我气得满脸通红,过了好一会儿才想到反驳他的话,"即使你不是色魔,也是个诱拐犯!"

溪原摇摇头:"诱拐犯才不会那么担心人质呢!我的意思是说,你今晚在外头待得那么晚,真的没关系吗?"

　　这个浑蛋！分明是他把我带到这里来的，却好像不是他的责任似的！

　　我突然想起来，我应该给妈妈打个电话。

　　"喂，妈，是这样的，刚刚跟我一块吃饭的同学，女同学，突然晕倒了，我要送她回家，可是她家里没有人可以照顾她，我想，我大概要陪她一晚了……"

　　我知道自己一时半会儿是回不去了，无奈之下，只好撒了个谎。

　　被妈妈生气地训斥了一顿之后，我挂掉了电话，心情却更加烦闷，自言自语地嘀咕着："真是过分！居然问我会不会是什么奇怪的传染病！什么难道没有别的同学照顾她了吗？为什么一定要你去啊？这也太不近人情了吧！"

　　溪原看着我，笑了笑说："说到底她不过是在关心你不是吗？可是你和别的男人约会、喝酒，现在还独处一室，马上要发展到夜不归宿了，你欺骗了她，对这位母亲来说，是不是更糟糕的事呢？"

　　什么？

　　听了溪原的话，我瞪大眼睛看着他在酒精残余作用下一脸恍惚的表情。

　　这个男人的脸皮到底有多厚！居然能用一副事不关己的样子说出这种话来！

　　"喂！你终究还是喝醉了吧？头脑不清楚了吗？拜托！分明是你把我带来这里的不是吗？要不是你跟我吃顿饭吃到十二点，我也用不着跟我妈妈扯谎啊！这还不都是为了你！"我不由得火大，加大了音量。

　　像灰姑娘一样，我应该遵守我的时间整点离开的，或许，从坐上他的车开始，这就是个错误？

　　"为了我？看来我的预感没错，最后还是赖到我头上来了……"溪原扶住额头，一副苦恼的模样。

"什么？难道你要说你没有责任吗？作为那辆车的主人，难道不应该为车上的乘客负责吗？作为这间屋子的主人，难道不应该为这里的客人负责吗？我又不是空气！拜托你不要老是说些这么冷淡的话好吗？"面对溪原再一次展现的冷淡，我终于爆发了。

可是让人抓狂的是，当我一脸痛苦地对他近乎哀求地控诉时，他却依旧保持着一副淡定的表情。

"好吧！不要这么激动，也不要随便曲解我的意思，作为一个绅士，出于人道主义，我会负责身边女性的人身安全，保证你不被歹徒侵犯，不会半路被车撞什么的……至于你和你的母亲，你和你的功课，你和我在这里发生的事，都是由你自己决定的，和我没有关系。"溪原说着，伸出一根食指在我眼前晃了晃。

"和你没有关系？溪原，你不觉得说这种话过于冷漠，也不合情理吗？"我有一股冲动，想把他的食指一口咬掉。

"哦，这样说的话，那么过不了多久，你就会回头来控诉我，说我害你读不下书，还害得你和你妈妈吵架，甚至说我是你堕落的源头……好吧，看来我在你心目中的形象，真是越来越像个坏人了！"溪原摊手说。

"哼，你本来就是个坏人！"

溪原站在那儿，盯着我沉默了几秒。被这一触即发的紧张氛围包围着，我几乎要窒息了，真想撬开他的脑袋看看他到底在想些什么！

溪原很冷静，好像自始至终都只是在观察我悲愤的表情，最后他深深地吸了一口气，说："芊芊，你到底还是被你的家人宠坏了！在人生的道路上，如果没有人拉着你的手，你就会像这样彷徨而不安。是的，现在我会拉着你的手前进，甚至推着你，但是，如果你在这里跌倒了，无论多么惨烈，我都不会扶

你一把的,因为我不是你的保姆,你必须自己爬起来。"

"为……为什么?"我不明白,这样还算是两个人在一起吗?"你对感情就这么吝啬吗?"

溪原眨了一下眼睛,依旧冷静:"你会明白的,或许不是今晚,只是你要明白每一分每一秒自己都在做些什么。"

"好吧,我知道了!我想我今天晚上做的事情大部分都是错的!我不该昏了头被你诱引到这里!现在,为了不给你添麻烦,我要回去了!你满意了吗?"撂下这句话,我头也不回地走出了房门,大步流星,因为我不想让他看见我就要夺眶而出的眼泪。

大概是高级公寓的关系,电梯的运转速度比一般的大厦还要快,电梯门很快在我面前打开。我回头最后看了一眼,已经过了午夜,这里冷清得像一座坟墓,溪原也没有任何挽回的表示。我的视线在空荡荡的楼道间停留了四五秒,最后还是一个人踏进了电梯。

明明是很美好的约会,有烛光,有红酒,为什么会弄到这个地步呢?

我不明白,现在,我只想找一个可以让我尽情哭泣的地方,发泄我一肚子的委屈。

CHAPTER 10
第十章
溪原的提议

♪

  海风吹乱了我的头发,我懒得去理好它。沿着海边的马路行走,大海在我耳边发出轻柔而沙哑的呼唤,坐在车站里,路灯把我的影子拉得很长很长。回头看看黑色的大海,它像一个庞大的怪兽,而我是小小的星辰,随时可能被吞没,拉进绝望的深渊。

  最后一班车早就开走了,偶尔开过一辆出租车,空车的牌子永远都是暗的。

  我仿佛被全世界抛弃了,连唯一可以回去的家,都变成了可怕的雷区,等待着我的,肯定是怒气和呵斥。

  我不想回家,也不能哭丧着脸回过头去恳求溪原收留我,可是我依旧无法阻止自己向那栋公寓的出口张望,多么希望下一秒回头,他就站在那儿,向我招手,把我拥入怀中。

  然而,结局是令人失望的,出现在视线里的身影,永远是属于陌生人的。

  我不知道自己在溪原心里算什么,在他心里我是什么地位,看起来我总是一头热,而他只是静静地看着,偶尔出手。

  温热的液体从我脸颊滑落,我慌乱地在书包里翻找纸巾。

  又一辆出租车从我身边驶过,车上的乘客向我投来诧异的目光,一闪而逝。

  都这个时候了,冷清的车站里坐着一个哭泣的年轻女孩,他是怎么联想的呢？

但是现在，我能去哪儿？

突然，我想到了樱，想起了樱对我说过的话："你们在一起，要是交往上有什么问题，随时可以找我谈心，我可以当你的感情顾问哦！"

虽然这么晚了，打扰他人的休息实在是一件很不礼貌的事，但是现在能想到的唯一能依靠的朋友，只有樱了。

因为自己的没用和懦弱，又一滴更大的眼泪落了下来。

电话接通了，二十分钟后，樱骑着自行车出现在公路的尽头。看见她娇小的身影不断靠近，在我的视线中慢慢变大，原本冰冷的心突然变得暖暖的。

我突然想起了一句话，爱情会让人哭泣，但是友情的存在，就是为了擦干你的眼泪。

有一个这样的朋友，我的心似乎变得不那么抽痛了呢！

自行车停了下来，吱呀一声，划破了夜的寂静。

看见樱汗湿的担心的脸，我再也按捺不住需要慰藉的心情，环住她的脖子，靠在她带着草莓香味的身上哭了出来："樱，你真的来接我了！你真的太好了！没有你，我真的不知道该怎么办！"

"芊芊……芊芊，你先不要哭啊！我被你吓到了！"樱白着一张小脸，抓住我的肩膀，"究竟怎么了？你不是在和溪原约会吗？难道他对你做了什么过分的事？"

我摇摇头，不知道该怎么回答，是我自己要去溪原家，也是我自己夺门而出的，从头到尾，该怪谁呢？

"到底怎么了嘛！"樱急得声音都颤抖了，咬着下唇又问，"难道……难道他侵犯你了？对纯洁的你……伸出了急不可耐的魔爪？"

"不是……不是这样的!"我继续摇头,"我们吵架了,摊牌了,我想……我们是不是要完蛋了?"

"什么?吵架?"樱瞪大了眼睛,"不是才刚告白吗,怎么就吵架了?这个家伙简直太过分了!深夜几点了,把你一个女孩子抛在路边不管,自己窝在床上睡觉,还让你这么伤心!让女孩子哭泣的男人最糟糕了!"樱越说越气愤,急急地从包里掏出手机,"他怎么可以对可爱的芊芊做出这种事!哼!我一定要骂他两句才痛快!"

"不要!"我连忙抓住她的手,"樱,千万不要啊!我……我不想因为我一个人,弄得你跟溪原争执起来。'爱的期限'演唱会临近了,每个人都要尽量保持在最好的状态啊!要是乐队因为我的事分了心,不能专心练习,那我会内疚一辈子的!"

"芊芊……"樱看着我,眼里闪动着感动和不舍。

"樱,这件事不能都怪溪原,我也有不对的地方,是我稀里糊涂地栽了进来,是我太娇气,总是希望别人能配合自己的步伐,却懒得改变自己……我想,溪原并没有错,或许……我真的不适合他,站在他身边的女孩,应该是个气场更强大、意志更坚定的女孩,而不是像我这样没用……只想着向别人撒娇的……小女生……"

这是我从来没和任何人说过的心里话。说出这些话,我的眼泪又跟着流了出来,最后,我再也说不下去了。我的眼泪,是因为溪原的冷漠给我带来的伤害,是因为对这段感情的未来没有信心,更是因为我为自己的不争气!

"芊芊,你怎么又哭了……你这样,我也想哭了……呜呜呜……"樱扁着嘴巴,眼里晶莹的泪花在闪动,"你就那么喜欢溪原吗?即使他这样欺负你,把你丢弃在路边不管,你还觉得是自己的错,你……你真傻!你简直……简直是个受气包嘛！怎么办？我还是想骂他两句！呜呜呜……"

"不要啦！"我再一次阻止了樱的行为，"樱，你要是打电话去骂他，他会怎么想我？受了委屈就开外挂，寻求别人的帮助，那他这回就真的看不起我了！"

樱默默地点点头，收起手机，转身抱了抱我，轻轻地拍着我的肩膀："芊芊，你真好！溪原这个浑蛋，怎么会遇到你这么好的女孩呢？怎么办，我现在觉得他好浑蛋哦！今天晚上，我要睡不着了！"

"那……我可以陪你睡吗？"樱软软的拥抱让我舒服得不禁闭上了眼睛，这时大海的波涛听起来也轻柔了许多，像一首低低的小夜曲，"我真的不想回家，我只要有个地方可以睡觉就行了，樱，你能收留我吗？我可以睡在客厅的沙发，或者在地上铺凉席也可以……"

"说什么话，我怎么会让你睡地上呢？走吧，我载你！"

"芊芊，这件睡衣给你穿吧！"樱从抽屉里翻出一件紫色的丝绸睡裙，在我面前晃了晃，"抱歉哦！因为我的睡衣给你穿肯定太小，只好拿我姐姐的，而她的都是这种成熟的款式。不过嘛，我想你穿起来一定很性感，嘿嘿！"

"没关系，我只要有个睡觉的地方就行啦，其他的怎么样都可以！"坐在樱的房间里，我好奇地四处张望，墙上贴着复古的巴洛克壁纸，黑色的家具上挂了各种可爱的小玩意，因此显得一点儿也不沉闷。红绿格子的帷帐，把床装

点得十分古典，梳妆台上的化妆品很少，摆得更多的则是各种各样的蕾丝花边和线团。

"樱，你的房间有好多可爱的东西哦！好有少女情怀哦！"我从沙发上抓起一个猫咪形状的黑色抱枕，惊奇地看个不停。

"这些都是我闲暇的时候做的。我喜欢手工，喜欢朋克风和复古、华丽的东西，但是市面上很难买到心仪的式样，只好自己做啦！我还帮岑风做过手机包呢！只不过……被他嫌弃太阴柔了，哈哈！"

"樱，你真是太厉害了！看不出来，你真是心灵手巧啊！"我抱着抱枕爬上了樱的床，软绵绵的，像躺在云朵里一样，还有樱身上的草莓味，我的心情顿时平静了下来。

夜更深了，两个女生窝在床上，眼睛却忽闪忽闪的，怎么也睡不着，只好在被窝里聊起天来，说起樱的姐姐，说起娱乐圈的风风雨雨，说起光怪陆离的上层世界，最后不知怎么的，却又回到了话题的原点——溪原。

"咦？原来溪原的妈妈也曾经是歌手？"

"嗯，因为她和我姐姐在一个唱片公司，所以我知道一些事，不过你不能对任何人说哦！这可是一个惊天的秘密！"樱说着，竖起一根食指，放在嘴唇上，"其实那个时候，溪原的妈妈已经签约了，就要出第一张唱片了，却遇到了一个风度翩翩的富公子，这个人就是溪原的爸爸啦！"

"这不是很好吗？"

"好什么？他是有妇之夫！"

"哈？那……那就赶紧分开啊！"

"唉，芊芊！你应该知道的，爱情会让人昏了头，失去理智，热恋中的人眼里只有彼此，怎么会去理会社会的舆论呢？虽然也知道这样不好，但是等到最后不得不摊牌的时候,溪原妈妈才发现自己已经怀孕了!"

"于是生下了溪原?"听见樱绘声绘色的描述,我的身心都被这个故事吸引住了,"于是后来他们结婚了,是吗?"

樱看着我,沉默地摇摇头,接着说:"不是每一对情侣最后都能在一起的,也不是所有的人都能在对的时间遇到对的人,有时候会在错的时间遇到对的人,或者在对的时间遇到错的人,但是更多时候,女生会在错的时间遇到错的人哦!"

"那么,溪原的妈妈是在错的时间遇到对的人了?"

樱摸了摸下巴,又摇了摇头,说:"不,她似乎是在错的时间,遇到了错的人呢!未婚妈妈,还要独立抚养孩子,真的是一件很不容易的事,而且还不怎么光彩。为了这件事,溪原妈妈不得不放弃了自己的歌唱事业。怎么说呢?她一生里最美好的时光,就这样被两个不同的男人毁掉啦!"

"两个不同的男人?"

"包括溪原啊!"

"对哦!那么溪原的爸爸实在太糟糕了!不但欺骗了别人的感情,还把人家的肚子搞大,最后却连一个名分也没有给!这不是始乱终弃吗?"我越说越气,从床上刷地坐了起来,"溪原这个浑蛋,一定是遗传了他爸爸的基因!对感情这件事,一点儿也不负责任,居然还说,我的那些事跟他没有关系!哼,原来是有渊源的!"

"芊芊,你不要这么激动嘛!"樱把我拉了回来,"其实溪原的爸爸也没有你想的那么糟糕哦!虽然两个人没有结婚,但是他却给了他们母子很好的生活条件,现在溪原和他妈妈住的地方就是他爸爸买的,而且,据说……还定期给他们很高的生活费!"

"哇……"我张着嘴巴,半晌说不出话来。这个情节,听起来就像现代都市小说里描述的一样,那是我遥不可及的成人世界。原来,现实中真的有这样的事发生在我的周围!

可是,不能和喜欢的人以合法的名义在一起,守着一个空荡荡的大房子,里面的食物再美味,衣服再精致,又有什么意思呢?

我的脑中浮现出一个面貌姣好的年轻女子,心如死灰地站在落地窗前眺望海景的画面,这样的画面固然是美丽的,却寂寞得让人不忍。

"也许也有人羡慕这样的生活,叫什么来着……金屋藏娇?不过,这么多年过去了,情早就淡了,物质的付出已经是感情的好几倍。对溪原来说,他也不像个爸爸,只不过是一个定期提款机罢了……"樱说着,叹了一口气。

听樱说到这里,我又想起了溪原在餐厅里对我说过的话:

"我可不是什么少爷哦!如果你想嫁入豪门的话,恐怕我要让你失望了!我爸才懒得管我,要不然,我也不用为了壮大乐队天天东奔西跑,狼狈得像条狗一样。"

"怪不得他那么说……"我自言自语地小声说了一句。

"什么?"

"啊,不,没什么……我就觉得溪原的身上有点儿富二代的影子,但是又跟我印象里的富二代有些不一样。他更有自己的想法,虽然有时候很任性,但是好像又有他的道理,有时候,又有点儿可怕……"我猜想,会不会是因为他妈妈失败的感情,所以溪原对感情才如此吝啬?

谁不希望自己付出的感情得到回报?是的,这个世界上,并不是每一份心意都能得到回应,可是心意如果不送出去,又有谁会知道呢?

"唉,他的脑子里在想些什么,正常的人类是不会明白的!芊芊,我早就跟你说过，没事别去招惹他！如果和他硬碰硬，伤害的只能是你自己！"樱揽住我的肩膀，把头靠在我的肩膀上，细细软软的头发拂在我的耳边，痒痒的。

"睡吧……我们都很累了……"我伸手关掉台灯，含着泪水进入了梦乡。

梦里，我看见了溪原，他酷酷地双手插在口袋里，斜斜地靠在那个海边的小车站，月光照在他的脸上，点亮了他的眼睛。他说，他在那里等了我很久，我终于回来了。

他说，对不起，芊芊，我真的很爱你，原谅我的冷漠，你回到我的怀里吧！向我尽情地撒娇吧！我会把你当成我的公主……

他把话说得像一首小情歌一样动听，我感动得泪流满面，但是看着他宠溺的眼神，我总觉得有些不对劲。

不对，你不是溪原。

我拼命地摇头，逃离了那个温暖的怀抱。

可是，溪原在哪里？

在哪里？

早上醒来，第一眼看见的是樱的小床上带着英伦风的格子帷帐，接着就是她毫无防备的粉嘟嘟的睡脸。

我顺手拿过桌上的小镜子，晨光中我的脸是憔悴的。我使劲地揉着眼睛，但这只会让眼睛泛红，眼皮依旧是浮肿的。

想起我的梦境,简直荒唐得可笑。我把脸埋在手肘间,昨晚的一切好像就发生在几分钟之前,就像溪原就站在门外……当然,这不可能。

"芊芊,你睡得好吗?"樱醒来了,伸了一个大大的懒腰。

"嗯,挺好的,你的床又软又香,睡起来好舒服!"我在樱身边躺下,用淡淡的微笑掩盖刚才的惆怅。

打开手机,收件箱是空的,也没有来电提示。一晚上过去了,溪原一点儿动静都没有。看着手机屏幕,我的心在一点一点下沉。

好吧,溪原是不可能低下高傲的头颅给我打电话的,要打的话,他早就打了。

在樱的姐姐家里吃过早饭,樱用小煎锅做出了两个心形的煎蛋。我看着摆在盘子里的两个有点儿烧焦、看起来依旧美味的煎蛋,突然鼻子又一阵发酸。

灰姑娘提着裙裾逃离了舞会,十二点的钟声响起,她匆匆地离去,所有的美梦在这一刻幻灭成泡沫,所有的幸福都与她无关了。

"樱,真的很谢谢你,早餐也很棒哦!我先回家了!"站在门口,我回头看着樱在厨房里忙碌的身影,突然想起下一站又将是另一个难关。

"不用谢谢我啦!能帮到你我就很开心了……"

一阵急促的铃声打断了樱的话,我呆住了,一大早,会是谁呢?

"愣着干什么,快接啊!说不定是溪原要跟你道歉哦!"

"怎么可能……"我掏出手机,"可能是我妈妈……"后半句噎在嘴里,因为我清晰地看见手机屏幕上显示的号码,确实是溪原,我自嘲的微笑顿时僵在了脸上。

"是吧!是溪原吧!快接啊!"樱看见我惊愕的表情,一下子就猜了出来。

我的心猛跳起来，我不知道拨通电话听见的第一句话会是什么。按下按键，我的手指居然是发抖着的。

"喂？"

"你还在樱那边是吧？"

没有道歉，没有忏悔，他的语气平和，就像是昨晚什么也没有发生过一样。

"嗯。"

"你出来一下，我有话要对你说。"

听见溪原严肃得可怕的口吻，我的心像是被什么重重的一击，有种不好的预感向我袭来。

见面的第一句话，该不会是：喂，分手吧！

那个时候，我要以怎样的表情去面对他呢？

被黑色的云团笼罩着的我，回头看了一眼满脸担心的樱，深深地吸了一口气，打开了那扇门。

好得不能再好的大晴天，户外的阳光落在石板路上，刺痛了我的眼睛，一抹熟悉的红色出现在我的视线里。溪原像梦里出现的那样，酷酷地把手插在口袋里，街边的小店里飘出西点诱人的味道，一切看上去都那么悦目，我却紧张得头皮发麻。

一步、两步，三步……我站在溪原的面前，他平静地看着我，皱了一下眉头，伸手捏住我的下巴："昨晚哭得很惨？"

我被他突如其来的动作吓了一跳，这才想起我的脸，经过一夜折腾和泪水的洗礼之后，简直是惨不忍睹，真是丢脸到了极点！

哭成这样，还不都是为了你！

不过我估计这样回答的话,又要被他一脸苦恼地说"怎么什么都要赖到我头上"了。

是的,一定是这样!

"我想哭就哭了,和你没有关系。"我冷冷地回答,可是却忍不住又想哭。

溪原叹了口气,说:"我可是担心了你一个晚上呢!一大早赶过来要跟你和好,你就用这样的态度对我?未免也太不可爱了吧?"

"什么?担心?"我诧异地看着他,"你的字典里有这种词汇存在吗?"

溪原居然说"担心"我?太不可思议了!不管怎么说,哄我也好,骗我也罢,这个神奇的词汇,对我的身心起了很大的作用。

"遇到你之后升级了,新添加的,不行吗?"溪原摊手说。

"可是你的表情哪一点像是在担心啊?哼!你这张扑克脸!颜面神经失调患者!"我不客气地瞪着他。关键是,他说这些话的时候,依旧是面无表情,分明一点儿诚意也没有嘛!

溪原的表情终于发生了一些变化,不过是变得无奈了:"芊芊,我发现你越来越不讲礼貌了,这样下去,变成悍妇怎么办?"

"那也和你没有关系吧?你今天早上会想起来找我,八成是樱给你打了电话吧?"

溪原愣了一下,说:"不是,是我打电话到你家,你妈妈说你不在,无奈之下我又打给樱,才知道你在她这儿的。"

"什么?你半夜打电话去我家?"我吓得浑身一颤,手里的书包差点儿掉到地上,"你……你没有透露什么奇怪的信息吧?我妈有没有问你什么奇怪的问题?"

"放心吧，我挂得很快，她根本没来得及问我，连我是谁也不知道。"

"那就好……"我拍拍胸口，长长地吐了一口气。

"我想，你那么生气地冲出来，一定恨透我了，不会接我的手机了。"

"才不是……"我整晚开着手机，都在等你的电话啊！

"什么？"

"算了，你有什么话要说，就快点儿说吧！我答应妈妈，早上要赶快回家的。"

"好吧，那我就说了！"溪原说着，抓住我的肩膀，郑重其事地盯着我的眼睛，"我说的一些话曾经让你感到很难过，在这里我要说抱歉，我这个人，一向不会说什么好听的话，尤其是发自内心的。虽然你只是一颗青涩的小果实，有时候味道也不太好，但我还是会被你身上散发出来的活力深深吸引。总的来说，我还是喜欢你的，完毕。"溪原说完，放开我的肩膀，转身离开。

"什么？这就是你的道歉啊？我可以给你打五十分吗？"等我回过神来的时候，溪原已经坐在他的车上了，"不但语无伦次，还没有主题重心！而且，你这个口气，未免太高姿态了吧！"

"那么这个送给你，够了吗？"溪原低头，从车里变魔术似的拿出一束玫瑰，丢到我怀里。

眼前多了一捧玫瑰，每一朵都娇艳欲滴，我的心情突然变得豁然开朗，就像是从一间黑暗的小屋里走了出来，看见了阳光。

"不够，这远远不够！我受伤的心灵，用一束几十块钱的花就能抚慰了吗？那未免太廉价了吧！"

溪原愣了一下，向我招招手，我走了过去，他拉过我的手，轻轻地勾过我的脖子，给了我一个长得差点儿窒息的吻。

"一个年轻帅哥的热吻,不但充满真实的浓浓爱意,还富有技巧,千金难求,需要预定,现在只向芊芊小姐开放贵宾独享专权……这个,够值钱了吧?"溪原松手,在我耳边小声地说。

"一个吻值三块钱吗?"

"想得美,至少也要二十块吧?"

我忍不住被他逗乐了,扑哧一声笑了出来。

"别笑了,上车吧,我送你回家。"

长吻之后,回到家里,迎接我的是不分青红皂白的一巴掌,不是因为我的彻夜未归,而是因为我终于对妈妈说了我加入乐队当主唱的事。

"你疯了吗?好不容易考进了这所大学,就要考研了,你跟我说你要去唱歌?唱歌有什么用?能帮你找到好工作吗?不要那么天真,你是被人骗了吧!"

"妈,不要把每个人都想得那么坏,我只是想做我真正想做的事而已!"捂着火辣辣的脸颊,我大声说。

"难道为了这个,你就要放弃考研吗?而且,再过几天就要考英语了,不是吗?"

"可是……我最近都没有在复习,几乎都在音乐工作室练习啊!"

"什么?你再说一遍!那么你跟我说去图书馆……"

"对不起，那是骗你的……我想过了，我对生命科学根本没有兴趣，每次做实验的时候，我都觉得自己像个机器人，没有生命，没有快乐。我不能想象今后我要伴随这种专业，在冰冷的实验室度过我一生中最重要的时光。与其过一天日子撞一天钟，不如抓紧时间做些自己想做的事情，即使失败了，我至少也算是放手一搏过，我不会后悔的！"

"你……你真的是气死我了！这二十年真是白养你了！你怎么能这么不懂事？你是我生的，连指甲头发丝也是我的！怎么能随便想干什么就干什么？大家都跟你一个样，这世界还不乱套了！你快点儿跟那些不三不四不务正业的狐朋狗友断绝来往！不准你再去音乐工作室！"

……

激烈的反对、无法理解的隔阂，这是可以预见的结果，无论我怎么说，都传达不到她的心里。或许在她心里，我就是一个没有自我思想的人，我没有资格拥有自己的理想，只能沿着她指引的方向一路前进。

现在，我要掉转方向盘，向一片荒漠驶去，那里或许有可怕的沙尘暴，也可能有美丽的绿洲，那都是令人惊心动魄的体验，最重要的是，那里还有溪原。

站在窗前，我想起了岑风和樱，这两个可爱的朋友都为了不让理想成为泡影，用青春挥洒着精彩。还有薛苏，他们都在努力着，对我寄予了殷切的希望。演唱会就要开始了，我如果临时退出，无法想象这对乐队会是多大的打击。

我不想这样半途而废，对想做的事情也是，对喜欢的人也是。

要做，就做到最好！要爱，就爱到最深！

我已经下定决心，无论妈妈怎么反对，我都不会放弃乐队！

CHAPTER 10 第十章 溪原的提议

第二天早上,我一个人拉着两大箱行李出现在了音乐工作室的门口。

得知我的决定,站在我面前的四个人下巴差点掉到了地上。

"什么?离家出走!你还真的干了啊!"岑风差点儿从椅子上滚了下来。

"嗯,我觉得樱的话说得很对,与其在讨厌的事情上胜利,不如在喜欢的事情上失败。我不想再被别人推着走了,从今以后,我人生道路上迈出的每一步,都要由我自己决定前进的方向!"我看着大家,语气坚定地说。

"芊芊,好有志气啊!第一次看见这么有魄力的你,我好感动!"樱鼓起掌来,脸上洋溢着喜悦,却也不乏担心,"可是……这样真的不要紧吗?"

"放弃考研,这可是大事情,你一定要慎重考虑啊!"薛苏同样一脸担心地说。

"如果没过几天,你又嚷嚷着要回家考研,说我破坏了你的家庭,毁了你的学业,我可是不会管你的哦!"溪原皱着眉头看着我脚边的行李,严肃地说。

"我不会后悔的,我已经想清楚了。"这次我不会再嚷嚷着让溪原对我负责了。我也想清楚了,溪原说得没错,我和妈妈的事,我和他的事,都是由我自己决定的,如果不喜欢,我随时可以转身离开,这也是我的选择。

我们无法知道自己未来到底会是什么样子,但是可以选择自己想走的路。

为什么我要用我最好的时光去做一件痛苦的,并且以后还会让我痛苦一辈子的事情呢?

如果三年后我坐在研究所里,得到了一份安稳却不快乐的工作,那么每天的八小时都是不快乐的,累计起来,我可能不知不觉地度过许多年的不快乐时光,这难道不是对生命的浪费?生命是如此短暂,度过的每个不快乐的日子,都是对自己的不负责!

"那你这堆东西……打算怎么处置？"溪原指了指我的脚边。

"我……"我原本充足的底气一下子消失了一大半，低下头小声说，"我也不知道能去哪里，手上又没有钱……"

"芊芊，我姐姐的房子，可以打扫出一间给你住呀！这样我们在一起还能有个照应！"樱热心地说。

我想了想，还是摇摇头，拒绝了她的好意，我真不想给她带来那么多麻烦。我回头对溪原投射可怜兮兮的眼神攻势，把自己当成一只雨天里无家可归的小狗："溪原，我可以暂时住在工作室里吗？这里有卫生间还可以淋浴，我可以睡在沙发上，还能做水果沙拉给大家吃，等我打工领了钱，我再另外找地方嘛……"

"不行！"溪原回答得斩钉截铁，一下子把我的提议打飞到天上去了。他一本正经地解释道，"工作室不是生活的地方，不要把工作和生活的空间混在一起，难道你要我们一大早来这里欣赏你仓皇地捂着睡衣头发乱得像鸡窝逃进卫生间的身影吗？难道你要我们一走进卫生间就看见你晾在窗台上随风摇曳的粉红蕾丝小裤裤吗？"

"你……你没必要说得这么详细啊！"我脸上一红，急得直跺脚，"那我怎么办？"

"有海景套房，面朝大海，春暖花开，手边还有人形抱枕，房租嘛……只要房客能打扫一下卫生，做做饭，叫房东起床之类的就可以了，你来吗？"溪原看着我，微笑着说。

"我……我考虑一下！"我的脸一下子涨红了，在这么多人面前说出这种话，就等于明目张胆地说"喂，我们同居吧"！不过，他的提议对我来说还是很有诱惑力啊！

"哇！芊芊，你还犹豫什么啊，快点儿答应啊！溪原家有超大的按摩浴缸哦！"樱大叫起来。

"什么？你怎么知道他家有按摩浴缸？"岑风敲了她的小脑袋一下。

"你忘了！还不是你去他家过夜的时候回来跟我说的？那一夜到底发生了什么，你还死活不肯说，哼！"樱回头瞪了他一眼说。

"还考虑？"溪原看着我摇了摇头，转身去端咖啡，"再考虑，我就要把这亏本生意给收回来了！"

"好嘛，好嘛！我去！"我冲上去拉住他的衣角。

从此，我和溪原之间，又多了一层关系——房东和房客。

二十岁的生日刚过去不久，我离开了家，离开了学校，几乎抛弃了过去一直依赖的东西，但是我重新拥有了一帮志同道合的好朋友，一个有时有点儿讨厌有时又很喜欢的男朋友，还有一个我们爱的小巢，现在我缺的，就是一份工作，让我可以自食其力，不依赖别人。

然而，我投了几份简历，都是石沉大海。是啊，谁会愿意要一个没有经验、专业冷门，甚至还没有毕业的小女生？

但是，上天仿佛特别眷顾我，每次在我失意之后，都会有惊喜出现。

在樱的介绍下，我去了灵的公司，在那里担任平面模特。樱还向她姐姐透露了我的唱歌天赋，细心的灵也发现了我的歌唱才能，灵说天乐演艺公司需要签约一些新的艺人，她表示自己很愿意向天乐公司推荐我。

樱却告诉我，这件事情一定不能让溪原和其他人知道，因为怕被溪原他们误解我想脱离乐队。

CHAPTER 11
第十一章
新的选择,新的开始

♪

沙发上是新买的抱枕,棉麻的质地,最适合炎热的夏天,铺着蓝色条纹桌布的玻璃小圆桌上搁着两杯喝了一半的蓝山咖啡。我窝在喜欢的抱枕中间,膝盖上放着一本最新的音乐杂志。隔着一张茶几,我心爱的男人戴着一副黑框眼镜,皱着眉头一脸认真地坐在驼色的地毯上,在一本厚厚的十六开笔记本上刷刷地涂着简谱。

这是我的新生活,就像一个梦,美好得太过突然,太过虚幻。

"溪原,你有多久没去工作室了?"我伸长腿,踹了踹他的背。

"嗯……三四天了吧。"

"不担心吗?演唱会的事情……"

"当然担心了。"

"是吗?可是我一点儿也看不出你在担心呢!"他回答的口吻是如此轻松,以至于我完全无法想象他在担心。

"被你看穿了,好吧!"溪原捉住我的脚踝,把我从沙发上拖了下来。

"呀!"我惊叫一声,滚到了软软的地毯上,他的脸在我的视野上方迅速放大,两个人之间的距离则在迅速缩小。

"你说,我怎么舍得放弃和你在爱的小屋里缠绵的时间,到那个阴暗的工作室里去呢?"溪原说着,目光在我脸上流连,接着伸手拨开我的刘海。

"这么肉麻的话不像是从你嘴里说出来的……不过,效果还不错!"我环住他的脖子,在他刚刚剃过胡子的光滑下巴上啄了一下。

"啊！你的吻突然赋予了我一个很好的灵感！"溪原说着，迅速地爬了起来，重新回到他的笔记本旁边去，甚至连一个回应的吻也没有。

"那么你是不是应该给点儿什么回报呢？"我凑到他跟前，无辜地眨眨眼。

溪原把视线从乐谱移到我脸上，伸手捏住我的下巴，深情款款地看着我，凑近，再凑近，然后说："等会儿下楼给你买五个鸡腿。"

我笑了起来，掐住他的脖子，随后我们在地毯上嬉闹成一团。

突然手机铃声响了，把两个人从胡闹中惊醒，我接起手机，电话里是一个陌生却很悦耳的女声。

"你好，我是美娜，请问是芊芊吗？"

"是，我就是！美娜老师！"我心里一喜，手机那头的这个美娜，来头可是不小，她是灵的朋友，也就是天乐公司的负责人，没想到她居然会亲自给我打电话，顿时，我激动得声音都颤抖了。

对方似乎被我的热情吓到了，顿了顿，才又说："我看了你的简历，你是生命科学学院的学生？这个学校很不错啊！你真的要放弃考研吗？不打算再仔细想想吗？"

"我想过了，其实在认识樱的时候，我就已经厌倦了这个专业，一直想摆脱这样的状态，只是没有机会。后来我遇到了溪原，是他推动着我，勇敢地正视内心的需求，明白了我真正想要的是什么。为了这个理想，我已经和妈妈闹翻了，不过现在和溪原在一起，时间也很充裕……"所以，我有充分的准备，可以接受一切工作。

电话那头幽幽地叹了一口气，沉默了几秒，把我的一颗心都吊到了嗓子眼。

接着美娜说："你的做法确实很冲动……不过我喜欢！曾经在十年前，

也有这么一个小姑娘，喜欢唱歌喜欢得不得了。那年大四，她和男朋友坐了两天的火车，就为了去北京看一场喜欢的外国乐队的演唱会。看完之后，她却留在了那里，她的妈妈气坏了，说一个女孩子不读书，在酒吧当歌手，像什么样子。"

"后来，后来她成功了吗？"

"三年之后，她回来了，带着自己的专辑，在自己出生的城市办了小型的签售会，她的妈妈把那张海报框了起来，放在了客厅里。"

我有一种奇妙的感觉，美娜老师说的就是她自己的故事。她从容的声音里，有一种淡淡的感伤，仿佛是在缅怀过去的青春。我听樱说过，她在开公司之前，也曾是一个歌手，后来才转战幕后。

"好棒！她真的做到了，看起来简直就是个幸运儿。这三年的努力，背后其实经历了很多不为人知的艰辛吧？"

美娜轻轻地笑了笑，说："其实说起来，她确实是个幸运儿！幸运儿们总有几个惊人的共同点，她们都遇到了那个改变她一生，推动她向前走的人，也抓住了机遇，更重要的是，她们都有很好的天赋和可塑性。芊芊，我想见见你，下午三点有时间吗？"

这是面试通知！

没想到这么快就能见到美娜老师！我连忙激动地回答："可以可以！当然有时间了！"

确认了面试事宜，我挂掉电话，像是被金子砸中了脑袋，我被一阵狂喜包围，冲进更衣室里。

"怎么办？溪原！你说去大公司面试穿什么衣服好呢？我没带什么像样的衣服来啊！"我对着客厅里的溪原大声问。

我从小箱子里往外翻着自己的衣服，尽是些T恤牛仔裤，唯一的一条连衣裙，看起来就像是童装店里买来的大码商品。我摇摇头，自言自语地叹了一声："看来要去买衣服了！又是一大笔花销……"

"看你激动成这副模样，到底是接到了哪家大公司的面试通知？"一转头，溪原站在门口，饶有兴致地看着我手忙脚乱恨不得把整个箱子翻过来的模样。

"我……"我突然想起樱的嘱咐，一时语塞，"哼！我才不告诉你呢！要是面试没过，不就给你留下笑柄了？"

溪原轻笑了一声，把我从地上拉了起来，说："好吧，我不勉强你，你要找衣服是吧？如果你不介意……"说着，他拉开更衣室的一道帘子，一排五颜六色的连衣裙出现在我的视线里，"可以穿我妈妈留在这里的衣服。"

"哇！"我尖叫出来，这是在变魔术吗？

小心翼翼地拿起一两件，这些衣服看起来都是价值不菲，细节精致，领口的标签上写着只在高端商场才出现的牌子。我转身揽住他的脖子："太棒了！为什么你总是能在我意想不到的时候给我惊喜呢？"

"因为我是溪原啊！"溪原像摸小狗一样摸摸我的头，"面试加油！"

"嗯！"

挑了一条白色的、领口缀满珠子的连衣裙，我最后一次对着镜子练习微笑。

走出小区，水天相接的地方，云朵在缓缓地流动。

拦住一辆的士，一路开向这座城市的另一边。夏天的海风从车窗吹了进来，仿佛也吹散了蒙在我心上的阴云。我想，今天或许就是我命运的转折点。

半个多小时后，车在一栋银色的大厦前停下，我匆匆地下车。

这里比我想象的还要奢华，大厅里的灯箱上，贴着一张张熟悉的或不熟悉的明星海报，墙上用黑色的相框装饰着，一张张的照片，几乎全是大腕。

和我擦身而过的女孩们，卷起某些大牌香水的熏风，惊鸿一瞥中，只见其中一位穿着一袭黑色套装，一条金色的链子把她的腰衬得纤细无比。

这里美好得就像天堂。

在助理的带领下，我乘着电梯来到十四楼，走进一个白色的房间，在那里，我终于见到了美娜。

如果不是亲眼看见美娜，我不会想象到这栋大厦、这家公司的老板会是这样一个年轻漂亮的女子，而且她亲切得就像住在我隔壁的大姐姐，轻柔的声音立即让我紧绷的神经放松了下来。

面试进行得很顺利，她听了乐队的示范音乐磁带，又让我现场唱了一首歌。我们在落地窗边的一张大桌子前坐下，聊了整整两个小时，谈我的理想，谈我接下来该走的路。从谈话中，我学到的东西比过去三年得到的还要多，我的思路也从来没有这么清晰过。我觉得，即使这次面试失败了，也是值得的，因为美娜给我上了一堂关于音乐和人生的课。

美娜手里拿着我的资料，坐在对面的红色单人沙发上，缓缓地对我说："芊芊，你是幸运的，你在对的时间遇到了对的机会。你的声音很好，绝不比电视选秀的那些好选手差，只要再稍加训练，就可以驾驭更多的歌曲。"

"不过，我长得很普通……"看着美娜那张酷似香港某明星的脸蛋，我不由地有些自卑起来。

"这个你不需要担心，不知道你有没有发现，真正有实力的歌手都不靠外表搏出位。再说你长得很清秀啊，我们会把你包装起来的。一个有个性有气质的歌手，比长得漂亮的歌手更容易有听众缘。你不需要考虑那么多，只要专心唱歌就行了！"美娜笑了笑，用轻松的口吻回答。

"好的，我会努力的！"我回她一个灿烂而充满自信的笑容，感到我离自己的梦想又前进了一大步。

"你先回去吧！四十八小时内我会给你打电话，答复你关于签约的事。不过你要做好心理准备，一旦签约，你就算我们的人了，你的言行举止都和我们公司的形象牢牢绑在一起，做什么事都不能随便。到时候会有人详细地告诉你的。"

"好的！"

从美娜的公司走出来，我按捺不住激动的心情，第一时间拨通了樱的电话。

"樱，我面试完了！"

"啊？这么快？通过了吧！"

"你怎么知道？"

"听你兴奋的声音就知道啊！怎么样？美娜最后说什么了？"

"她说……四十八小时内会通知我签约的事情。"

"太好了！呼……美娜小姐是个非常好的人，她最喜欢的就是有个性对唱歌又很执著的人，她常常为了帮助别人做出很多牺牲，你就跟着她好好干吧！"

"放心吧！只要我答应的事，就会努力做到！樱，你帮了我这么大的忙，我真不知道该怎么谢谢你……"

"你不用谢我啦！只不过，芊芊……"

"嗯？"

"有些事情你需要做好心理准备哦!一旦签约了之后,你就不是一个自由人了,乐队的排练随时可能和你的工作档期有冲突。而且你一旦忙起来,也没有那么多的时间和溪原在一起约会什么的,你自己要安排好哦!而且其他人那边,早晚要说清楚的,我暂时还没告诉岑风呢……"

"是哦……"我看着远处,晚霞在天边连成一片,把这栋银色的大厦染成金黄,耀眼得令人无法直视。溪原的乐队是我的起跑点,也是我的基地,如果我要扬起自己的帆去远航,不知道前方会有怎样的惊涛骇浪,等回头的时候,我还能找到我的原点、我的溪原吗?

突然间,我又踌躇了。

"芊芊,如果你为了飞向更高的地方,抛弃了'爱的期限',我是可以理解的,我也会真心祝福你实现心中的梦想,但是……我还是舍不得,至少,至少要办一个完美的演唱会啊!"樱说着,声音里带着哭腔。

这个多愁善感的家伙,害得我心里也泛起了一丝伤感,恨不能马上抱抱她。我恢复一本正经的口气说:"樱,既然我答应了在'爱的期限'做一个好主唱,无论怎么样,我都会好好唱歌,让这次的演唱会成为大家永远难忘的记忆!至于美娜老师那边……我会再慎重考虑一下的!"

"啊……好吧,既然你这样想,那我就放心了!"

一路上,我的脑海中晃动着的都是那栋银色的大厦,还有墙上那些相框里一张张光彩照人的面孔。当远方的海面跳进视野里时,我又想起了溪原,想起他早上把那条连衣裙从衣橱里拿出来的模样。他拿着裙子在我身上认真地比画了半天，摸着下巴说："虽然对你来说老气了点儿，不过可以想象你穿起来应该很好看。"

我甚至可以联想到他帮我挑选婚纱的样子，环着我的腰对我说："你不适合那些花哨而华丽的衣服，白色和珍珠很适合你，这些圆润的小东西在你的身上就像刚从你脸颊上滑落下来的一样天衣无缝。"

我打开公寓的门，就嗅到了一阵熟悉的咖啡香味。

他还在屋子里？一个人的午后，蓝山咖啡的味道，听起来有些寂寞。我已经迫不及待地想要看到他，想好好地拥抱他，暂时把那些烦心的事情抛在脑后。

"溪原！"我脱下磨得脚底生疼的十厘米高跟鞋，赤脚走进厨房，却傻了眼，站在窗前摆弄着咖啡机的，是一个陌生而年轻的女子。

一时间，屋子里陷入了一阵尴尬的沉默，我打量着她，她也打量着我。

她看起来像是三十多岁，皮肤光滑得像水煮蛋，一件宽松的蓝色罩衫掩饰了略微发福的身材，随意扎起的松松的发髻看起来却很有味道。如果她再年轻一点儿，丝毫不比任何一个排行榜上的大明星逊色。站在她面前，我突然矮了一截，不知所措地绞着手，猜测着她的身份。

能在这屋子里随意地走动，使用厨房的东西，她和溪原一定不是普通的关系。

"咦，你穿着我的裙子还蛮好看的嘛！只是你为什么不弄一个漂亮点儿的发型呢？"她走过来，看着我齐齐地扎成一束的马尾，因为我只懂得这一个发型。

她的裙子……

"啊！原来是阿姨！溪原的妈妈！"我窘迫得涨红了一张脸，拼命地弯腰

CHAPTER 11 第十一章 新的选择，新的开始

鞠躬,"对不起,我不知道您在这里!一定吓了您一跳吧!而且我还擅自穿了您的衣服!我一定会帮您洗干净的!啊,这条裙子一定很贵吧!我会送到最好的干洗店洗好的!"由于太过紧张,我连珠炮似的冒出一堆话,连我自己也不知道到底在说什么。

"呀,你不要叫我阿姨,也不要叫我溪原妈妈,那样会让我觉得自己很老的!"她走过来,拉着我的手,"你是那个在他乐队里当主唱的女孩吧?叫什么来着?哎呀,年轻真好,现在的我,已经穿不上这条裙子了……"

"阿姨,你看起来很年轻啊!如果你不说,我还以为你是……"我尴尬地笑着,试图让气氛变得轻松。

"什么?你以为我是溪原的新女友吗?"她挑起一边眉毛,那神态和溪原简直如出一辙。我这才发现,她的眉眼简直和溪原是一个模子印出来的,连眉毛上挑的斜度也一模一样。这样的大美女,难怪能生出溪原这样的帅哥。

我不知道该回答什么,只是一味地傻笑,心里却咀嚼着这句意味深长的话,难道溪原经常带女孩回家吗?

她见到我一点儿也不惊讶,还说我穿着她的裙子很好看,该说溪原的妈妈性格过于随意了,还是她已经习惯了这样的事情呢?

我摇了摇头,想摆脱这个念头。

"说了不要再叫我阿姨了,叫我露西吧!溪原也是这样叫我的!"她重新走到窗前,皱起眉头大叫起来,"哎呀,我原来是想做咖啡的,可是咖啡机好像出了毛病,补水时指针晃动得厉害,你知道怎么修理吗?"

咖啡机?这种小资贵族的玩意和我这个穷学生没有半点儿关系。

在溪原家里,我只喝咖啡,哪里有使用咖啡机的资格?

于是,我把头摇得像拨浪鼓似的。

"哎呀!"露西为难地皱起眉头,"那你过来,帮我从架子上拿两个高脚杯下来洗干净，陪我喝一会儿酒吧！"说着，她径自走到冰箱前去了。

什么？酒！

"可是……可是我不会喝酒！"听到喝酒两个字，我就一个头两个大，在音乐工作室里我已经拥有了一次难忘的教训，这种液体既苦涩又伤身，不明白为什么会有那么多人还要嗜酒如命呢？

"没关系，度数不高的！来吧！我一个人正无聊呢！"露西一转身，手里多了一瓶红酒，看上去贮藏了很久，瓶身上落满了灰尘，"将就点儿，配点儿牛肉干吧！哎呀，还好没过期！"

我苦笑着从架子上拿下了同样落满灰尘的高脚杯，这个大大咧咧的女人，以前真的是歌星吗？

我只喝了半杯红酒，味道比在工作室喝过的好多了，抬头一看，露西已经在倒第三杯酒了。

"你知道这条裙子的来历吗？"露西斜斜地倚在沙发上，慵懒得像一只火炉旁的猫，脸上带着酒精作用下的淡淡红晕，"我第一次上节目打歌，订做了这条裙子，花了我四百多块钱。那时我没什么钱，特别心疼，但是等我登台以后，听见观众的掌声的时候，我就觉得自己是最光彩夺目的明星，什么都不在意了。你也能理解的吧，那种被无数目光注视着、期待着的快感……"

"嗯，我想，那是很值得享受的时刻。"

每个女孩都有一个明星梦，不过只有真正站在舞台上，才能感受到那种震撼人心的力量。

似乎是被一条裙子勾起了往昔的回忆，露西沉浸在回想里。

"唉，如果没有那场失败的感情，我现在也许可以开个全球演唱会，出一张十年精选集，那感觉一定很棒！"露西长长地叹了一口气，惆怅地看了我一眼，悠悠地说，"所以你呀，还年轻，一定要找一个对的人，如果这个男人

不能支持你的事业，那干脆不要跟他在一起算了，因为他根本不爱你！我是太傻，付出了太多代价才知道了这个道理，呵呵……"

我静静地听着她的倾诉，作为一个晚辈，根本没有资格对过来人多说什么。

露西似乎是有些醉意，在唱片机里放了一张小野丽莎的碟，和着轻柔的音乐，在夏日的沙发上昏昏欲睡。

她平静地闭上了眼睛，似乎在享受这难得的闲暇时光，而她的眉间，又带着一种冲不淡的忧伤。

岁月似乎在她的身上只留下很淡很淡的痕迹，在这美丽的身体里的灵魂，依旧像个需要爱的小女孩。

或许她在一个错的时间遇见了错的人，哪怕这段感情曾经灿若烟花，但是，那也只是烟花，绽放过后，留下的只是一些灰烬。

一想到或许有一天我也会和露西一样，像朵烟花在夜空一闪而过，人们一转身就把我遗忘，而坠落下来的我只能缩在黑暗的小角落里用羡慕的眼光看着那些长明灯，我就有种站在悬崖边上的惶恐。

我想，我总要做点儿什么，不能再这样无所事事下去了。

从卧室的衣柜里翻出一条薄薄的毛毯，盖在露西的身上。然后我轻轻地叹了一口气，带上书包走了出来。

门外，夜幕刚刚降临。

我突然很想妈妈，想弟弟。

或许回到家里，迎接我的又是一场暴风骤雨般的恶战，但是，我总不能一辈子窝在溪原的海景公寓里——被爱情滋润着的温室花朵会渐渐地失去斗志。

我从来没有过这么强烈的感觉，也从来没有过这么明确的目标——我想签约，我想站在舞台上，我想靠自己的力量完成自己的梦想！

"八首歌，嗯，是不是有些太紧凑了？这首最好砍掉一段……"工作室里，溪原正站在台球桌前，一脸严肃地指点江山。偌大的一张桌子一片凌乱，服装、乐谱摆得满满当当，没有一块空地。

我站在门口，手里提着一袋卤鸡翅，闻到香味的岑风和薛苏第一时间扑了过来，欢呼着抢走了迟来的晚餐。

"芊芊，你今天美极了！"只有樱充满义气地抛弃了卤味，第一时间冲过来抱住我，拉住我的手转圈圈，"这条裙子真好看！你在哪里买的？"

"面试怎么样？"溪原把樱拎到一边，捏捏我的手掌，我的掌心都是汗，还有卤味的香气。

"面试很顺利，所以……"说到这里，我听见自己的心跳在加快。溪原的眼神充满了关怀，我想，我必须花上两倍的勇气，才能让自己有勇气摆脱这种甜蜜的束缚。

所以我要离开你了，离开你的海景小套房……

这种话，叫我怎么说得出口呢？

"怎么了？这副为难的表情是怎么回事？"溪原用手里的圆珠笔挑起我的下巴，半开玩笑地说。

"我去面试的……是演艺公司。"我看着他的眼睛，缓缓地说。

"哦，那么面试的是什么职位？大明星的小助理？还是帮导演买便当的群众演员？"溪原回到桌子旁，继续调侃我。

"我可能……会签约。"

工作室里同时响起了三个倒吸冷气的声音。面对一双双诧异而疑惑的眼睛,我点了点头:"是的,是歌手。"

"等等,你该不会被骗了吧?"听到这个敏感的词汇,溪原的表情立即变得严肃起来。

"是天乐演艺公司。我进了他们的大厦,还跟老板谈过了……"接着,我把面试的事娓娓道来。

听了我的叙述,岑风和薛苏都瞪大了眼睛,摆出了一副不可置信的表情,但是他们都为我感到高兴。

"这不是很好吗?你那副沉重的表情是怎么回事啊?"岑风一拍大腿说。

"那我们不是应该开香槟庆祝吗?"薛苏叫道。

"太好了,我知道你能行的!"溪原只是笑笑,但是很快恢复了原本的表情,"然后……演唱会怎么办呢?"

说到这个问题,大家都不约而同地陷入了沉默,纷纷把疑惑的目光投向了我。

对一张张担心的脸挤出一个僵硬的微笑,此刻的我紧张得头皮都发麻了。我深深地吸了一口气,说:"放心吧!就算我签约了,我也还是'爱的期限'的成员,我保证,会在校庆上演好主唱的角色!"我回头看看溪原,"你和我在一起,写出了那么多优秀的歌,难道我舍得让给别人去唱吗?溪原,我不会把这个位置让给别人的,包括你。"

当然,我也不愿意把溪原身边的那个位置让给任何人。

"是吗?"溪原沉默了一会儿,吐了一口气说,"听你这么说我就放心了,还以为你带着炸弹来这里,害我紧张得不得了。"

"少来了,你有一点儿紧张的样子吗?"我在他胸口轻轻打了一拳,"不过，我已经考虑好了，如果我真的打算投身这个事业，走自己的路，不但需要你们，我还需要家人的支持才能完成。"

"理论上说，确实是这样。"溪原点点头，"如果你的家人能支持，那是最好不过，可是目前的状况似乎不太乐观。"

"芊芊，既然你这样想，那是不是打算回到家里，跟妈妈好好谈一谈呢？"樱说。

"对，我要回到家里，和我妈坦诚地谈谈我以后的生活。我这样贸然出走，其实不过是一种逃避。那时，她正在气头上，一个礼拜已经过去了，我想，她多少能冷静一点儿地对待吧！"说着，我看了溪原一眼，他神情凝重，似乎在思索着什么。

"你要回到家里，那么，这意味着……"溪原定定地看着我，他似乎猜到了这句话真正的含义。

"是的，我明天一早就会把行李带走。这段时间，真的很感谢你的收留，只是我不能一直打扰你，我……"我咬着下唇，不知道还能再说什么。我看见他眼里闪过一丝无奈，我不知道一向看起来强悍的他也会露出这种表情。或许，这一次我真的决定得太突然了。

"明天就要走？"溪原皱起眉，顿了顿，"好吧！这是你自己决定的事，回到家里，这听起来也不错，只是……你看起来有些沮丧。其实你完全有机会再回到我住的地方，并且住上很久，或许一直到老……"

"你真是够了！都这个时候了，还有心情说情话！"岑风忍不住伸手推了他的脑袋一把，"自从你坠入爱河后，真是越来越肉麻，我都快听不下去了！"

"好吧，那我可以说，如果你被你妈扫地出门，就给我打电话，我可以勉为其难地继续收留你吗？"溪原摊手说。

他这种放松的态度不禁缓解了我紧绷的神经,将要面对的这一切看起来似乎也没那么可怕了。我对他露出了一个自信的微笑,心情变得轻盈起来:"溪原,希望你说的这几句话都是认真的。"虽然我是那么地渴望留在溪原身边,但我还是决定要回家一趟。

我大大地松了一口气,乐队里的每个人都支持我,真是太好了。

"谢谢你们,我会一直努力的!"

♪

度过了一个难眠之夜,早晨,我提着行李离开了沐浴着阳光的高级公寓,坐在溪原的车上,我最后一次看向闪着鳞光的大海,车一路向前,驶向热闹的十字路口。

带着咸味的湿润的风拂过我的脸颊,几只海鸟乘着海风低低地掠过海面。

我觉得自己像是它们中的一员,风头浪尖也有别样的趣味。我觉得自己从来没有这么自由过,可以去任何想去的地方,可以做任何想做的事。我已经不再顾忌别人的目光,也不会再被家人的愿望束缚,更不会因为留恋男朋友的怀抱而踌躇不前。谁也不能阻止我前进的脚步,只因为,我选择了自己想走的路。

"你离开家里,应该有一个礼拜了吧?"车驶出海边,溪原突然问我。

"嗯,差不多吧。"一个礼拜,说长也不长,说短也不短,只是从小到大,我都没有离开家里外宿超过三天,记得上一次还是因为学校组织的旅游活动。而过去的这一个礼拜,对我来说,就像是一个世纪那么漫长。

"你妈妈……打电话联系过你吗？"

"啊，我……"听见这个问题，我顿时像被鬼怪吸去了灵魂，自由的喜悦变得单薄，最后薄得像一层烟雾，"我妈妈……还没有打电话给我……"其实我连睡觉的时候也一直开着手机，头一次一整个星期都充满了电，每一秒都期待电话会响起，期待接起电话就能听见妈妈的声音，希望她用我熟悉的温柔的声音呼唤着我：芊芊，你快点儿回来吧！我让你唱歌！我让你做想做的事情，我不会再逼着你考研了……

可是，这样的声音，只能出现在我的梦境里吧？

我自嘲地笑了笑，眼睛里却充满了被抛弃的哀伤。

整整一个礼拜过去了，我没有接到家中一个电话，哪怕是一条愤怒的、充满感叹号的短信。

我想，妈妈一定是对我失望透顶了，反正，她还有弟弟不是吗？弟弟又聪明又懂得讨大人欢心，我这样胡闹不听话的女儿，她一定不想要了吧？

我看着前方的建筑物越来越熟悉，再过两条街，我家就到了。

半个小时后，我的人生，会变得怎样呢？

下车的时候，溪原对我说："你还年轻，不用畏惧失败，顶多只是回到我公寓里的那张大床上而已。"接着，他捏捏我的手臂，潇洒地转身离去。

五分钟后，我站在家门口。大门紧闭，我有些手足无措，比毫无准备地被人推上舞台还要紧张。我在门口徘徊了一阵子，犹豫着到底是按门铃来等人开门呢，还是直接掏出钥匙，进去等着妈妈的教训。这两种选择的结果，可能都是一个无情的巴掌。我还记得上一次脸颊上那种火辣辣的感觉。但是我却很清楚，有个地方比脸颊还要痛，需要恢复的时间还要长……

早上明媚的阳光下，我的影子被打在门上，很矮很矮，很浓很浓。溪原离开了，我突然觉得很无助，而我的世界，似乎只剩下眼前这道门。

而这道门的背后，藏着一条难以逾越的鸿沟。

我正在徘徊，门后出现了脚步声，接着门打开了一道缝，将我的影子融了进去。弟弟站在我的影子里，抬头看着我，一脸笑意。

那一瞬间，我好像身处梦境。愣了一下，弟弟从我手里接过了行李，动作迅速地拖了进去，冲屋里大喊："妈，姐姐真的回来啦！"他奔跑着，快活得像只小鸟。

"哦，早上吃了没？肚子饿不饿？我刚好做了银耳汤，洗洗手过来喝吧！"妈妈系着一条新围裙，一边用毛巾擦手一边从厨房里走了出来。她笑容满面地迎接我的回归，就像是我只是结束了一个礼拜的课程，刚从补习的教室回到家里一样；就像是什么都没有发生过，没有那天晚上的一场争执，没有我的离家出走。

看见那碗银耳汤，已经绷紧了全身的神经，准备好迎接巴掌或者棍棒的我，突然松懈了下来，像是突然被抽掉了灵魂里倔犟的一部分，连控制泪水的阀门也松开了。

我在做梦吗？眼前的这一切，是真的吗？

"妈，对不起……"我努力睁大眼睛，含着泪水，不让它没用地掉下来。其实我想说的话很多很多，我想告诉她我要开一个小型演唱会，我要在音乐学院的校庆上唱歌，会有很多人来看，还有，我通过了演艺公司的面试，还有……其实我放不下这个家。

"先别说那么多，快点儿来吃吧！"妈妈把银耳汤端到桌边，认真地把勺子放好。那柄银色的勺子是我的，白色的是妈妈的，有卡通兔子图案的是弟弟的。现在它们都摆在桌上，整整齐齐，各就各位。

在桌前坐下，银耳汤的味道和以前无数次喝过的一样，甜丝丝的，和溪原煮的咖啡一样值得留恋。但是我明白我已经不能像以前一样跟妈妈撒娇，因为我是以一个崭新的面貌回到这里的。

妈妈是怎么想的？她是不是以为我品尝了失败的滋味，受不了才回到这个家里的？

还是说，她真的已经妥协了？

果断地放下手里的勺子，趁这个机会，我老老实实地说："妈，这几天其实我一直住在乐队的朋友家里，过得很好，只是今天，我要搬回来了。"

"然后呢？"她停住了手里的动作，眼睛闪闪发亮地看着我，充满了期盼。

"我可能会签约，然后……到天乐演艺公司去上班，当一个真正的歌手……"

于是，我迎来了进门后的第一轮沉默拉锯战。

果然，她的眼中还是闪过了一丝不易察觉的失落，只是，她没有表现出来。

面对沉默，我开始不厌其烦地向她解释演艺公司的性质、签约的条款，乃至美娜老师的故事，努力地阐述一个对她来说非常陌生的、甚至是光怪陆离的世界。

同时，我也做好了挨骂的准备，因为从传统的角度来看，我的行为基本上还是冲动的、幼稚的、不计后果的。

她一直静静地听着，偶尔问一两个问题，我已经是欣慰得热泪盈眶。没想到能有一天，不再是各说各话，她听不进我的话，我听不进她的话。我庆幸我今天回到了家里。这样面对面坐下来真正的沟通，是我从来不敢想象的。

"如果你真的能在那个演艺公司好好当个歌手的话，你就去试试看好了，如果有机会，也让我见见那个什么美娜的。"出乎意料的，一番长达半个小时的谈话之后，妈妈居然答应了我的所有要求。

我差一点儿从餐桌上跳了起来。这一刻,我觉得我的灵魂得到了救赎。我想在餐桌上跳舞,放声歌唱,不过最后,我拥抱了妈妈。

"妈妈,谢谢你!你太好了!"难以想象妈妈为了我的理想,居然放下了她多年的夙愿,做出了这么大的让步,我感动得恨不得马上成为美娜旗下的一员大将,弄出张专辑,开个个唱,做出点儿成绩给妈妈来看看。

于是,我背负着的期盼又多了一份,而且这份很大,很重,很温暖。

妈妈叹了一口气,悠悠地说:"你这孩子,我能拿你怎么办?难道让你再离家出走一次?你在家里至少有我看着你,要是真的让你一个人出去乱闯,万一出了事怎么办?"

"妈妈,我就知道你是爱我的!"我几乎欢呼起来。

"反正我已经做好了你哭着回来说不干的准备了,不过这样也总比看着你天天不开心不甘愿的脸要强得多,你想做什么,就去做做看吧!到底适合不适合,也要做了才知道。至少你现在年轻,有本钱,失败了还可以重来。"

"嗯,是的,妈妈说得对!"我抹掉眼角的泪花,这是我的真心话。

有生以来,第一次听到妈妈说出一句这么有哲理的话。不,这是真理!

"不过你不要高兴得太早,我也不是真的完全由着你胡闹!"

我愣了一下,松开手,再次绷直了背盯着她变得严肃的脸。

"你可听好了,不考研究生也行,你至少给我好好读完大学吧?要是唱不了歌了,至少你还能有个大学文凭。辛辛苦苦读到了现在,也不能就这么放弃了呀!"

妈妈说的要求简单得让我松了一口气,这一刻,我觉得自己是世界上最幸福的人。

"好!好!只要能让我继续唱歌,我什么都答应你!"

CHAPTER 12
第十二章

只为你而唱的歌

♪

    荒废了一个礼拜，我又重新在音乐工作室里开始了繁忙的排练生活。

    每个人都忙得像陀螺一样，为演唱会紧锣密鼓地准备着。

    "溪原，我觉得你后面写的歌越来越琅琅上口了！我好喜欢最后一首歌，用它压轴是没错的！"我整理着桌上的乐谱，对还在埋头规划着灯光设计的溪原说。

    "你以为你凭什么唱得琅琅上口？还不是因为这些歌都是为你量身定做的！"溪原瞥了我一眼，淡定地说，"要是你能在我的公寓里多住几天，或许我还能写出更好、更激情的歌哦！"

    我白了他一眼，说："为什么这最后一句话从你嘴里说出来，就显得那么不正经呢？"

    "我们不是正在热恋中吗？难道你希望你的情人在你面前还要保持一副一本正经的模样？你难道不知道，一个男人的兽性要是被压抑得太久，可是会爆发的……"

    "停！"我连忙捂住他的嘴巴，阻止他说出更丢脸的话来，"够了吧你！反正你的歌我都已经唱得很熟练了，所以现阶段你就暂时不需要再写出什么更好、更激情的歌了吧？偶尔写点儿蓝色的、忧郁的歌，说不定也是不错的选择呢？比如'孤夜无伴守灯下，冷风拂面吹'之类的？"

    溪原翻了个白眼："亲爱的，我可没有自虐倾向！我和大部分男人不同，我会自己找乐子的……"

"行了，不要再打情骂俏了好吗？都什么时候了，出大事了！"岑风突然背着吉他，风风火火地闯进门来，凶神恶煞的表情，携带着一阵呛辣的火药味，"怎么办？我他妈都快疯了！"

"究竟什么事让你如此惊吓？"被打断了谈话，溪原站了起来，双臂环胸，一副毫不在意胸有成竹的模样，"是贝斯坏了还是鼓被打破了？"

岑风没有理会溪原的冷笑话，环视了工作室一眼，看着眼前几个人不约而同地对他瞪大了眼睛竖起了耳朵，这才严肃地说："主唱被学院否定了。"

"为什么？"薛苏和樱几乎是异口同声地大叫起来。

"就因为她不是我们学院的学生，主任说……让一个外校的人参加我们的校庆，还当主唱，显得很不合适。"说着，他把吉他重重地放到地上，发出了一阵低沉的回响。

"浑蛋！"薛苏忍不住爆了粗口。

而我则惊呆了，像被点了穴，张着嘴巴，半天说不出话来。

这不是真的吧！这真是晴天霹雳！

如果我是因为连日排练、担心第一次演出会不顺利而睡眠不足，造成精神恍惚白日发梦，那么这一定是个噩梦！

溪原的脸一下子黑了，他默不作声地关掉唱片机，欢快的音乐戛然而止。

"怎么办？实在不行，也只能让溪原当主唱了！"薛苏无奈地摊手说。

"拜托！那芊芊怎么办？这么久的排练，辛苦了几个月，难道白干了吗？"岑风忍不住大声嚷起来。

"搞什么！后天就要上台了！"溪原终于露出了懊恼的表情，头疼似的一把撩起额前的头发，把手里的稿子啪地丢到桌上，"桌子上的所有歌，都是为

她写的,适合她的声线,她的气质!除了芊芊,谁也没办法唱,包括我……大不了报的时候写别人的名字,到时候再把芊芊推上去,台下反应热烈的话,主任难道要走过来叫停,把校庆欢乐的气氛给弄砸吗?"

"可是这样做……毕竟不太好吧?后面的事情估计也不好处理,惹恼了主任,说不定要被扣学分记处分什么的呢!"樱一脸担心地说。

"那怎么办?难道要放弃吗?"岑风抱着头大叫起来。

因为这个致命的打击,工作室里陷入了某种近乎死亡的沉寂,每个人的脸上都充满了惶恐。

"主任根本是鸡蛋里挑骨头吧?芊芊在台上唱歌,你不说,我不说,谁知道她是哪里来的?音乐学院的学生有好几千呢!"薛苏忍不住发起了近乎人身攻击的牢骚。

溪原揉着额头,陷入了沉思,过了一会儿,他抬头问岑风:"这个人,有可能进一步沟通,劝劝他吗?"

"他说这是院里几个老师讨论得出来的结果,而且我说得嘴皮子都要磨破了,这个一根筋的死脑袋,你觉得说得动他吗?"岑风耸耸肩,愤愤地说。

我知道前进的路上会有阻碍,但是没想到这个关卡来得这么快、这么棘手。音乐是无国界的,连一个乞丐都可以在街头随意卖唱,而我却因为不是这个学院的学生,而被拒之门外……我不甘心,难道我就没有资格唱歌给台下的听众吗?

"我……我不过是没交学费而已!其实……我还上过灵的课,某种意义上说,我也算是她的学生啊!"我简直委屈到了极点,衔着在眼眶里打转的泪水,有些哽咽地说。

"芊芊,你别难过,我们会有办法解决的。"樱走过来,抱着我,轻轻地拍着我的背，用求助的眼神望着溪原，"难道就没有别的办法了吗？"

"爱的期限"面临着前所未有的难题……

突然，溪原抬起头来："樱，你能请你的姐姐帮忙吗？"

"啊！对哦！"樱恍然大悟，刷地从椅子上站了起来，"要是有我姐姐出面，事情一定能迎刃而解的！"

"很好！"溪原打了个响指，"事情就这么定了！樱，马上联系你姐姐，我跟她沟通一下，看看这个问题怎么解决……芊芊！"

"啊！"我被他洪亮的声音吓了一大跳。

"你在这里继续排练，没有你上场，这场演唱会干脆搬到别的地方去！学校门口，食堂门口，哪里都好！"溪原说。

"是！"

乐队成员为了解决我的事又陷入了新的忙碌。

我的心里泛起了隐隐的不安。在这短短的一个月里，我的心情就像坐上了过山车，一会儿被抛到高空，一会儿又被拖进低谷……原本以为自己够坚强，我真担心，万一承受不了下一次的冲击，紧绷的神经会不会崩溃？

CHAPTER 12 第十二章 只为你而唱的歌

为了挽回院方草率的决定，薛苏出门了。

"芊芊，你要不要休息一下再练习？我看你好像有些不在状态的样子。"樱键盘上的手指停了下来，乐声戛然而止。

"出了这种事情,哪里有心情排练啊!眼看几个小时过去了,一点儿消息也没有,可是演唱会的筹备已经进入倒计时了!"岑风叹了一口气,索性卸下了肩上的吉他。

接了一个电话,溪原推门进来,看了我一眼,说:"这句歌词,你已经连续唱错三次了,演唱会上这样可是不行的。"

我看着他,连反驳的力气都没有,因为,能不能上台还是个问题呢!

溪原看着我大汗淋漓的模样,皱了一下眉头,从口袋里掏出一张纸巾,伸手擦拭我额头上的汗。

这个时候他居然还能想起帮我擦汗,溪原细心的小动作似乎有一种神奇的力量,我的心情顿时平静下来。我突然想起某天夜里,他用一张纸巾抹掉我唇上的口红,那细致的动作就像是在对待一个古董花瓶,我突然觉得自己像个公主,而沉浸在这份贴心里的我只想待在他的城堡里,被他宠爱着。

不过,现实生活却是,我正站在一个悬崖上,要么得救,要么被推入万丈深渊,现在的遐想,不过是苦中作乐罢了。

溪原帮我擦完汗,无视我陶醉的眼神,把纸巾丢到我手里,像往常一样摆出一副酷酷的样子:"我们来泡点儿茉莉花茶,喝完继续排练。"

他刚刚转身去拿杯子,手机就响了起来,一瞬间,所有人的心都被揪了起来。

在三双眼睛热烈地注视下,溪原从容不迫地接起电话。

"嗯……嗯……好……你快点儿回来。好的,再见。"

简短的谈话之后,溪原挂掉了电话,工作室顿时陷入了一阵寂静。他转过头来,对我们说:"事情解决了,跟樱想的一样。"

"哦!"第一时间,我做出了毫无创意的反应。

我听见身后响起欢呼声，一下子，紧绷的神经松懈了。此刻，这些声音变得很远，像是从很远的地方传来似的，眼前的一切摇摇欲坠，溪原的脸也开始变得模糊起来。

天旋地转之间，我晕倒了，最后的记忆是一个厚实的怀抱。

这里是天堂吧？

到处都是白色的，我还躺在一个软绵绵的地方，是天使的羽毛吗？

我挣扎着睁开不断打架的眼皮，却看见了溪原的脸。

为什么溪原也来到了天堂？他应该没有天堂的通行证才对！而且，为什么他手里拿着一把刀？还有苹果，是夏娃给他的吗？

"你醒了？感觉怎么样？"

"感觉……像是被塞到洗衣机里开了自动挡，不过睡了一觉之后，感觉好多了……这里是……医院？"

溪原用奇怪的眼神看了我一眼，一边削苹果一边说："早知道你是睡觉，我就把你带到我的房间去了。"

我翻了个白眼："都什么时候了，还有心情开这种不正经的玩笑。"

似乎为了堵住我不服气的嘴，溪原把一块苹果塞到我嘴里："是啊，都快傍晚了，彩排应该结束了吧？离演唱会开始还剩下不到二十四个小时了呢！"

"什么？"我从床上弹了起来，目瞪口呆，"我昏迷了整整一个下午吗？那……彩排……彩排……"

"不用担心，他们配合得很好，你现在只要照顾好自己的身体，保证不会在三千听众面前晕倒在舞台上就够了。"溪原叹了一口气，摸摸我的额头接着说，"你就不能体谅一下我的苦心吗？我可是陪了你整整一个下午呢！"

"骗人！"我不屑地瞥了他一眼，"你一定是彩排快完了，才想起可怜的

我还躺在医院里，五分钟前才跑过来的吧？"

"你这么说，未免太让人伤心了！难道我在你心里就是一只没血没肉没眼泪的章鱼仔吗？"溪原说着，装模作样地捂着胸口，好像真的受伤了似的，"一想到你可能在昏迷中醒来却看不见心爱的人，那种四处张望彷徨无助的模样，就会让我很揪心的！"

"你这过度自信的模样真让人讨厌！"我咬了一口苹果，不知道他是从哪里弄来这种甜得不得了的水果的，"不过今天肉麻得很讨我的欢心。"

"谢谢，你看，你昏迷中的侧脸还给了我绝佳的灵感。"溪原丢给我一张皱巴巴的纸，上面涂得乱七八糟，"我还特地为此写了一首新歌，叫《梦中的玛丽亚》，可以拿来作为演唱会的备用曲目。"

哦，不！梦中的玛丽亚？他把自己当成了耶和华吗？

"够了，明天就要演出了，哪里有时间啊？"我把那张纸丢到一边，吃完苹果，正要躺回床上，突然又跳了起来，揪着头发，"对了！明天！是明天！完蛋啦！我要怎么办？不行，我要回去彩排！"

"算了吧！你还是再睡一会儿，养精蓄锐……"溪原把我压回床上去，"我想听众不会愿意看到一个满脸菜色、眼神恍惚的病号的，我们走的可不是哥特颓废路线。"

"不行，要我躺在这儿无所事事，我可是会疯掉的！"我推开他，"我现在精神不坏，只是……或许还需要一些补给。"

我看着他的脸，目不转睛，捕捉到他眼中难得流露的温情。他似乎很了解我的意图，含住我的嘴唇，给我输了长长一口氧气。

我紧紧地拥住他，感谢他一个下午的守护，居然能撇下彩排待在我的床边，今天我终于真实地感受到了他的爱意。

我闭上眼睛，感受着从他身上传递来的源源不断的热量。

他像太阳，一瞬间温暖了我，这一刻，我丧失的活力似乎又重新回到了身上。

明天我就要粉墨登场，唱好人生中第一出"戏"，是我现阶段最大的目标。

♪

虽然离演出还有一个小时，后台却已经忙成了一团，到处是抢梳妆台的，进进出出搬器材的，还有在角落里练舞的、试声的，热闹得像一锅杂煮。

"设备都在吗？弦调好了吗？什么，妆还没化完？"溪原手里拿着节目表，反复地向每个成员确认每一个可能出错的环节。

他皱着眉头认真的表情，看起来格外有魅力，我从来就没觉得他这么迷人过，简直无法把视线从他身上移开。

一群人带着沉重的器材向舞台前进，我趁机在长长的走廊上透透气。

前方一阵骚动，我抬起头，看见被俊男美女簇拥着的灵正微笑着向我们走了过来。

她像往常一样气场强大，涂着鲜艳的口红，一袭淡雅的长裙，裙摆随着她的走动荡漾着好看的涟漪，就像刚刚从某个大型演唱会的舞台上走下来，走到哪里都能吸引在场所有人的注意力。

"啊！是灵老师！"我的心雀跃起来，用力挥手。

"嘿！你们准备得怎么样？"

"嗯，很好！"我拉过樱的手，给了对方一个大大的笑容。

"看起来精神状态都不错呀！我可是很期待你们的表现哦！"灵说着，伸手跟我和樱击掌。

而她身后的几个年轻人正用好奇的眼神审视着我们。

我突然瞥见几个熟悉的面孔，似乎在电视上或者某个杂志上见过。

我凑近樱的耳朵，小声问："咦，我好像看见了绿岛乐队，我没眼花吧？"

"灵，后面那些是你的学生吗？"樱好奇地问道。

"啊，有一部分是，还有一些是我的工作伙伴，还有以前从音乐学院走出去的歌手。下午结束后，他们会在食堂门口举办一个小小的签售会哦！绿岛乐队刚刚发行了第二张专辑，他们一会儿可能会上台表演造势，掀起高潮哦！"灵笑着说。

哇！简直是星光闪耀、阵容庞大嘛！

我有些头晕目眩。突然间我能理解，为什么当初院方不想让我登台了，无论成功还是失败，让我这个默默无名的小人物上台当主唱简直就像是一个笑话嘛！

灵离开了，我摇摇晃晃地向前走，溪原叫了我好几声，我都没有听见。

"你怎么了？被吸走了魂魄吗？"溪原摸摸我的额头，皱着眉头问，"怎么又出了一头汗？我可是很担心你呢，昨天真的休息够了吗？"

"我……我突然觉得好紧张哦！"我对溪原挤出了一个虚弱的微笑，"要是我在台上跌倒怎么办？突然唱错歌词怎么办？抢了拍子怎么办？我突然觉得好可怕……"

溪原揉乱我的刘海，说："就算跌倒了也要痛痛快快地跌倒，爬起来不就成了！唱错就唱错了，抢了就抢了！你只要发挥出自己最美妙的声音，做出一副理所当然的样子，台下的听众还会以为你是故意即兴发挥。"

　　"是吗？可是……"

　　溪原笑了笑，说："你背负大逆不道的罪名，从一个乖乖女优等生堕落成不良少女，连离家出走、夜不归宿这种事情都干过了，还有什么值得你害怕的？怕什么，没有人会怪你的！要是你前半段出了错，那你只管把后半段唱得无与伦比，让大家惊艳得忘记那个小小的过错，不就行了？"

　　"真的吗？我真的可以吗？虽然我知道我天生有副好嗓子，也喜欢唱歌，但那只是随心所欲地唱，或者说，只是随着自己的心情唱歌。在这么多专业人士的面前，我真的可以吗？"我像一个小学生，急切地需求着大人的肯定。

　　"别想那么多，你只要告诉自己，我是大明星，我的歌声是世界上最棒的，台下的你们都要为我而疯狂，这就足够了！"

　　"呃……"我默默地扭过脸去，大概也只有溪原这样的自恋狂才能以这种理由说服自己不要紧张了，不过我浮躁的心最终还是因为他鼓励的话平静了下来。

　　"你看吧！平常的我可是不可能这么细心地去鼓励人的，我为了你改变了这么多，你不觉得很感动吗？唉，有时候我真的觉得……我是世界上最体贴的绅士……"溪原感叹着，习惯性地撩了一把自己的头发。

　　"哦，你够了！再说下去，我都要吐在台上了！"站在一旁收拾东西的岑风终于听不下去了，过来给了他背后一拳。

　　"是吗？都要上台了，你还有力气发挥攻击性，可见我表现得还不够肉麻，芊芊，你说是不是？"溪原一把拥住我，"如果你唱得不好，那就怪我的

CHAPTER 12　第十二章　只为你而唱的歌

歌写得不好吧！"

我微微一笑，转过头凑近他的耳边："只要你对自己创作的歌曲有信心，我就能把它唱好。"

"照你这个逻辑，我们的主唱一定会把它唱得很好很好的！"岑风冷哼一声。

"说得好！"溪原点点头，在我脸颊上落下轻柔得像棉花糖的一吻，用我一个人才能听得到的音量小声说，"芊芊，你永远是我心中的主唱！"

我在心里默默地说：今天，我是为你而唱。

"芊芊，你真的瘦了！"溪原搂着我的腰，语气里有着浓浓的心疼。

"哦，我为什么还待在这里！"岑风终于到达了他的极限，抱着头跑开了。

溪原扑哧一笑，这才放开我的腰，他的目的达到了。

这时，不远处传来了主持人悦耳而响亮的声音："夏末，你听过如此空灵的声音吗？它像夜雨滴在屋檐上的声音，每一声都敲进你的心里！听完了激情的绿岛式摇滚，下面让我们有请爱之声音乐学院的明星乐队——'爱的期限'！欢迎他们上场，为我们带来一首充满灵气的抒情轻摇滚！"

"上场了！"溪原握住我的手。

不知道为什么，我突然觉得心里从来没有一刻像现在这么踏实，灯光在头顶闪烁，所有的紧张突然都烟消云散，每一个细胞都亢奋起来。

我明白，这是我为自己选择的人生路的第一步，我一定要勇敢地走下去。

这一次，我是这样想认真地为了一个人去演唱。因为这个，不知从什么时候开始，我渐渐地拥有了勇气，变得坚强而快乐，这样的人生，才算得上是完美的吧！

我站在台上，台下黑压压的人群一片骚动。我看不清他们的表情，只能努力微笑，一句话也不说，因为我知道，歌声会说明我的一切，语言只是多余。

鼓声响起，台下突然变得一片寂静，空气里弥漫着沉默构成的期待。像是进入了另一个空间，我的身体被一个崭新的灵魂主宰了，一个更加自由的、更加骄傲的灵魂，其实，她一直活在我心里，只是，今天她觉醒了！

接着，吉他跟上，我用手指在麦克风上轻轻数着拍子，这是排练过无数次的熟悉得梦里也会听见的前奏。于是溪原为我写的歌，经由我的喉咙，在舞台上响起。

你听见了吗？

我为你唱的这首歌，

是为了证明，我为了你而存在的意义——

我跋涉了无数个季节

才走进开满芬芳的

你的心房

我穿越了无数荆棘

才看到最美好的容颜上

你的微笑

我知道最青春的浪漫

不是彼此凝望

而是看向同一个方向

……

电子钢琴、吉他、贝斯，这些声音流畅地滑过我的耳朵，进入我的心里，前方再也看不见阴沉的乌云，这里，除了音乐，什么也没有。

奇怪的是，现在的我比上场前还要放松，有种奇妙的感觉在心里缓缓弥漫，似乎是通过歌声，把我的灵魂赤裸裸地展现在大家面前。我听见歌声穿透了云层，飘荡在学院的上空，只要它愿意，它能到达任何地方，到达每一个听众的心里。

再也没有什么好担心的，因为我在唱歌；再也没有什么好顾虑的，因为我们都是如此年轻；再也没有什么后退的理由，因为我们最先衰老的从来不是容貌，而是那份不顾一切的决心！

掌声响起，经久不息，像一场风暴，席卷了这里，席卷了我的世界。

我喜欢这种感觉，简直欢喜得要流泪。

只为你

我用灵魂唱的歌

只为你

我的心不再荒芜

只为你

我的生命无所畏惧

只为你

……

谢幕的时候，我看了溪原一眼，我们愉悦的目光，就在舞台上碰撞。

我们足足谢幕了四次。

最后一次谢幕,我看见台下闪过一张熟悉的面孔——林家雨?

这大概是我的错觉吧。他怎么可能来这里?

我缓缓地走下台,目光却不由自主地注视着那个角落。

是的,是林家雨!他站在台下第一排,也正注视着我,嘴巴一张一合,像是在对我说什么,却被暴雨般的掌声彻底盖住了。

他在那里等了我多久?他究竟想对我说什么?

我努力辨别着他的口型,但是,最后我还是高估了自己。

我诧异着,疑惑着,却也期待着,家雨同学,该不会是叫我回去考试的吧?

不,总不会有人捧着鲜花来叫我回去考试吧?

下一秒,一束花从他的手中抛了出去,越过众人的头顶,落在我的脚边,像是一道白光,照亮了台前。

我拾起那捧花,一大捧白色的百合,开得灿烂,顿时一阵淡雅的香气包围了我。我回过头,看见他站在人群里,人们都向台上看,期待下一个节目,而他只是看着我一个人,淡淡地微笑着。

我高高举起右手,举着那束寓意着纯洁、寓意着最高祝福的白色百合花,用力向他招手,一切尽在不言中。林家雨,或许他在台下看到了我的理想,发现了我的小秘密,从现在开始,他也是最靠近我的人之一了。

我在心里轻轻地说:林家雨,谢谢你!

他曾经是我心里的憧憬、触不到的幻影,可是今天,我发现他从来没有这么清晰真实过,他不过是一个腼腆的、曾经天天和我在一个教室里上课的男生。这一刻,我不再是那个不敢直面内心情感的小女生,我从梦幻的世界里退

了出来，因为——我有了溪原。

　　走到台下，迎接我们的是一张张笑脸，一路上都有人对我们吹口哨。溪原握着我的手，一直没有松开。我全身心地沉浸在这只手掌传递过来的幸福中，这份满足感，谁也夺不走。

　　这时，我想起了刚刚唱过的歌——

　　你听见了吗？

　　我为你唱的这首歌，

　　是为了证明，我为了你而存在的意义……

女王骑士星座宫第二弹!

4月的白羊座运势分析:

- 心情阳光指数:★★★
- 健康状况指数:★★★★★
- 本月光荣贵人:处女座
- 让你头痛星座:双子座
- 本月防御君子:巨蟹座
- 本月开运场所:篮球场

TK学院十二大骑士之一的红骑士高宫朱雀是一个性格开朗,对任何事情都能保持着一副呆傻表情平静对待的天然呆,哦,不不不,是对任何逆境都能坦然面对的超级阳光少年哦。

同样是白羊座的你,是不是也和高宫云雀一样每天都有好心情呢?

进入4月,白羊座运势全面提升,唯一要注意的就是远离双子座,以及好好和你身边的处女座相处哦。因为处女座的同学本月是你的贵人哦,贵人!

所以,身为白羊座的高宫云雀,这个月要想开心,一定要和身为处女座的高宫朱雀搞好关系哦。喂喂喂,不要吵架啦!不要一见面就吵架啦!头痛啊……这对势同水火的兄弟!

哦?你还想知道更多关于处女座哥哥和白羊座弟弟高宫家兄弟的小故事?你知道的,一切都在……

让北风和冰雪荣耀你的黑羽!

女王 JEE 再见黑天鹅
GOODBYE, BLACK SWAN

5·20全国发售

你不知道吗？"女王"限量版海报已经全国发行很久了，YY版和LC版全国限量5万份，赶快去你熟悉的书店询问吧！
如果老板没有以上两款海报，就拜托他一定要拿到下一款——ML版！
当然，登录我们的网站www.merry520.com，或者关注"@merry小妮子"和"@魅丽优品"都能帮助你更了解"女王"，获得限量版海报。

更多魅丽优品信息，咨询请登录：www.merry520.com
或者关注我们的新浪微博@魅丽优品

买到魅丽优品的书，其实很简单！

1. 你可以通过书店买到我们的书！
2. 你可以通过我们的网店买到我们的书。
魅丽优品官网商城： http://www.merry520.com/shop/
魅丽优品官方淘宝店铺： http://shop63095189.taobao.com/
注：我们的官方活动、作者签名版图书都可以在这里找到哦！
3. 没办法网上支付的你，
可以登录当当网http://www.dangdang.com搜索"魅丽优品"，搜索你要的书名，就能享受货到付款的购书体验了！
4. 你还可以通过邮购方式买到我们的书！
邮购地址：
湖南省长沙市开福区黄兴北路89号上城金都南栋21楼2128湖南
魅丽优品文化发展有限公司　金丹（收）
邮编：410005

联系我们，也很简单！

读者服务咨询热线：0731—84887200-666
魅丽官方QQ：980103911
邮购1群：71072176
邮购2群：6331234
邮购3群：22763892
魅丽优品读者俱乐部1群：87401930
魅丽优品读者俱乐部2群：203461132
你还可以通过新浪微博关注@魅丽优品
@妮时代杂志

TWENTYONE NIGHTS ROSE

XIAONIZI 小妮子 著

纪念那些最美丽的瞬间——《二十一夜·蔷薇》和我

让我记忆最深刻的瞬间,是紫星藏月猎杀归来的那一晚。

如果我是唐果,看到这样一个冷漠、冷酷又神秘沧桑的男人,为了我猎杀99个玩偶,犯下不可饶恕的罪,满身血污地回到我身边,一定不会觉得他可怕,不会觉得他是怪物,不会责怪他,不会拒他于千里之外。我会拥抱他,会开始学会爱上危险的他。

不过,这个瞬间如此美丽,却并非是我想象中的样子。在这个瞬间,唐果只是一惊,而紫星藏月就忽然明白过来唐果是在关心他有没有受伤。唐果没有爽快地承认,表情却泄露了她心里的关心,于是那头从未被人关心过的野兽心动了。

——@Jojo3J

《二十一夜·蔷薇之双生花篇》

两年前,少女唐果为了自己,和引魂师达成协议,用没有血缘关系的妹妹唐霜的生命换取了引魂师的身份,因此使唐霜得了绝症。

两年后,为了弥补自己的过失,挽救妹妹唐霜的生命,唐果找到了神秘少年紫星藏月,并在他的帮助下进入了一个由引魂师、玩偶师还有玩偶组成的奇异世界。

而此时她才知道,原来,已经有玩偶进入了她和妹妹的世界。当埋藏在记忆里的那些秘密一个一个被揭发,在爱与亲情的抉择中,迷途的少女将何去何从?

《二十一夜·蔷薇之狼篇》

唐果终于挽回了妹妹唐霜的生命,但付出的代价是让唐霜失去了她最爱的男人——重楼。

原来重楼竟是玩偶,原来那个神秘的世界早已深入唐果和唐霜的生活。为了弥补自己一手犯下的错误,唐果和藏月开始了终极冒险旅程,前往那个只有引魂师的世界,偷窃重楼被燃烧后的遗骸。

本以为这没什么,不过是一场交易,那个叫藏月的家伙帮助自己只是交易的一部分。却没想到,原来唐果想的都错了,完全错了。

所有行动的背后,支持着大家的只有爱。

《二十一夜·蔷薇之花田篇》

发现真爱的时刻,藏月永远地从唐果的生命里消失了。紧接着,消失的是铃音。在前往那个神奇国度的路上,唐霜无奈地看着她爱的一个一个消失。最后当唐果也选择离去,唐霜面对的是拥有一切也失去一切的世界,这个时候,那个最初的男人终于出现。

他给了唐霜两个选择,唐霜选择了其中之一。

男人得到了他想要得到的一切——在付出了巨大的代价,耗费了两年的等待后。

可是是他想要的吗?他想要的到底是什么?

结局到底是什么?

被八十五万四千三百八十一个忠实读者日夜期待着,那个夏天,那一年,深埋在三亿读者灵魂里的渴望。

3年之后再一次的蔷薇浪潮!
华语文坛纯爱天后,创造奇迹的小妮子

《二十一夜·蔷薇》系列
80元超值礼品赠送,你绝对不能错过,因为……
这是只属于你的梦想之书。

更多魅丽优品信息，咨询请登录 www.merry520.com
或者关注我们的新浪微博@魅丽优品

图片来源：《二十一夜·蔷薇之花田篇》 丹青show

TWENTY ONE

买到魅丽优品的书，其实很简单！

1. 你可以通过书店买到我们的书！
2. 你可以通过我们的网店买到我们的书！
   魅丽优品官网商城： http://www.merry520.com/shop/
   魅丽优品官方淘宝店铺： http://shop63095189.taobao.com/
   注：我们的官方活动、作者签名版图书都可以在这里找到哦！
3. 没办法网上支付的你，可以登录当当网 http://www.dangdang.com/
   搜索"魅丽优品"，搜索你要的书的书名，就能享受货到付款的购书体验了！
4. 你还可以通过邮购方式购买我们的书！
   邮购地址：湖南省长沙市开福区贺兴北路89号上城金都南栋21楼2128
   湖南魅丽优品文化发展有限公司 金丹（收） 邮编：410005

联系我们，也很简单！

读者服务咨询热线：0731-84887200-666
魅丽官方QQ：980103911
邮购1群：71072176
邮购2群：6331234
邮购3群：22763892
魅丽优品读者俱乐部1群：87401930
魅丽优品读者俱乐部2群：203481132
你还可以通过新浪微博关注@魅丽优品 @妮时代杂志

阳光女孩
华语文坛天后 小妮子
打造亚洲第一纸上偶像剧

《妮时代》7月刊暑假来袭!

给你这个年代最好的时光!
我就是要精彩!
NI TIMES
若你已准备好与我同行,请立下爱的誓约!
每月1日,我们不见不散!

我们不寂寞:
全体签约作者轮番上阵,只为你们演绎的好剧!

我们很欣慰:
大16开的华丽书本,再一次闪耀的封面!

我们会满足:
制作代表心意的礼物,只为给你神秘的惊喜。

我们要感恩:
为你准备的这一切,只要6元即可拥有!

NI TIMES

米米拉

校园爱情女王

米米拉2012年超人气新作——
《哥特王子桃心殿》

来自中世纪的王子，古董店的神秘少年，性格多变的校园人气美男。
他们身上隐藏的秘密其实只是……
平凡糊涂的少女，被压迫的辛酸"奴隶"历程，见异思迁爱上不可能的那个人。
有时候恐惧和害怕都可能被爱情战胜……

穿越？
他长得跟油画上的王子一模一样，嘴角边若有似无的微笑，湛蓝色的双眸，俊美得根本就不像人类！难道他真的是穿越而来的中世纪欧洲王子？

魔幻？
他附身在刚转来的同学身上，而且还让脑袋不灵光的苏小麦帮他追同校的校花，因为校花竟然是他的王妃！

性格分裂？
他一会儿冷酷无情，对苏小麦威胁恫吓；一会儿吊儿郎当，在苏小麦情绪低落时哄她开心。究竟是被附身还是精神分裂？

不！不！不！
以上的一切都不是真相……
那现在让我们一起来找出其中的蛛丝马迹吧！

瞻仰王子画像——
苏小麦的爸爸花"三千块"大价钱买到一幅欧洲中世纪王子的画像，这肯定是赝品！可画上的王子真的很帅，是个极品美男。
提问1：画究竟是从哪里买来的呢？

遇见真人版王子——
公交车上遇到跟画像中的人物一模一样的王子。最重要的是他上车不给钱，司机和车上的人都看不见他，天哪，第一反应就是……他是鬼！
提问2：为什么王子会来坐公交车？

碰到水时法力消失——
为了救掉进游泳池差点淹死的苏小麦，"王子"失去法力，结果被附身的美男非常冷酷地对待苏小麦，让她觉得很委屈。
提问3：王子去了哪里？

心系王妃的王子究竟会不会选择她？他们是否会消除误会，幸福美满呢？

帅气阳光、神秘的中世纪王子身边充满了各种疑团

内容简介

搬进新家后，老爸带回来一幅据说是中世纪英国王子的油画画像，放在客厅里瞻仰，而我在坐公交车的时候却遇到了画像上的王子，我很害怕，因为他毕竟已经死了一千多年了！
最恐怖的是他魂魄不散地跟着我，要我帮他找到他前世的王妃，而且他竟然还跟我到新学校，附身在大帅哥韩在俊的身体里搞恶作剧，而一次意外，让生性冷漠的韩在俊知道了王子的存在……是浪漫还是恶作剧？心跳加快不许眨眼，看哥特城堡里满粉色桃心！

神秘的前世——"中世纪王子" VS 冷酷的今生——校园人气美男
看他们的背后还有什么更大的秘密？这究竟是一场没有硝烟的爱情之战？还是根本就是一场"乌龙"？
不管怎样！请找出真相，以爱情的名义征服王子吧！

YEBING LUN 叶冰伦

YOUTH IS A FINAL LETTER OF SLIGHT SADNESS

新生代叛逆少女作家——叶冰伦
年度巨献，挑战青春纪年小说巅峰！
全心投入，悉心打造"浅爱系列"，
将青春的爱与痛写到极致！

"浅爱系列"之
《默恋微凉》

送给曾经卑微到尘埃里的自己：
在那段年少的时光里，我站在你的面前，你却不知道我爱你。

《默恋微凉》7月 告白幸运物

《默恋微凉》女主角——苏然
代表属性：拥有开朗和深沉两种极端性格，心理压力巨大，拥有太多秘密和过去的女生
告白幸运物：口香糖
告白幸运时间：早晨

这种性格复杂的女生一般给人一种难以接近的感觉，但是身上通常拥有一种奇特的魅力，不自觉地吸引人靠近。
如果你是这样的女生，想向暗恋的人告白，最好选择在空气清新的早晨，因为晨间安静的气氛和清新的空气会自然地让人解压，让人呈现出最放松的状态，充足的睡眠也将使女生的皮肤保持一天中最佳的弹性和光泽，给人留下一个好印象！选择的告白幸运物是口香糖，小小的一片，可以很自然地送出而不流露出自己的小心思。

暗恋，甜蜜还是痛苦？幸福还是悲伤？铭刻于心还是淡然遗忘？
年少的我们，总有一段因爱疯狂的时光，总有一个被暗恋纠缠撕扯的灵魂……

ns

"逆光"系列

慕夏携Merry御用作者团队，明星云集
2012重磅出击

《逆光·白夜》
守候只属于"你""我"的神秘距离……

有时候距离是一种朦胧美，有时候距离会带来伤害，如果只是一味地害怕踏出那关键的一步，你永远都不可能知道，对方是不是也在喜欢你。

神秘的距离，是好是坏，似乎永远都说不清楚……

● 慕夏解开距离的束缚，《有你的五月天》，全新演绎属于青春、属于"他"和"她"的甜蜜小情节。究竟距离产生美，还是变成遗憾？

● 喵哆哆抱着《总有一天追上你》的信念，不顾一切，奋力追逐属于"她"的幸福，回顾《恶作剧之吻》的温馨！

● 奈奈深情款款，《你听，北极星哭泣的声音》为你讲述犹如北极星那么遥远的爱情，赚足泪水。

● 人气作者幸妤洁《淡蓝星光》，进入"她"的记忆，感受似梦的星光故事。

● 青春人气大神杨千紫穿越北欧，《穿越北欧·洛奇的争辩》下篇更精彩，完美收官，见证一段属于北欧的古老而美丽的传说！

书写爱与距离的青春成长读本：

慕夏主编

5月趣味小测试

你的秘密！

每个人都有这样或那样的小秘密，特别是处在青春期的少年少女，有些时候需要找人倾诉，但有些小秘密是不能讲给人听的，藏在心里久了就会很不舒服，所以必须找到最佳的发泄方法调节，你想知道哪种方法更适合你吗？请看下面的测试：

就像《有你的五月天》里的女主角，你很喜欢去图书馆。有一天，你无意中发现了一本日记，抑制不住好奇心翻开来看。你觉得第一篇日记里会写了些什么？

A．暗恋日记
B．写别人的坏话
C．古老的神秘语言
D．只有几个看起来像密码的数字

A：去看各种有趣的电视剧
B：躲起来一个人安静，自言自语
C：去旅行，到山上或海边发泄
D：去跟自己豢养的小猫小狗说说话

青春唯美，白夜之行！

【2012 魅丽巨制 唯美绽放 逆光·白夜】

青涩的藤蔓爬上了树梢，
粉色的花朵开在了墙角，
当校服换成了蕾丝的连衣裙，
你是否还记得当年爱过的小妮子？

以玩偶的游戏带你进入爱的世界，
用坚定的信念带你穿越爱的未来，
偶尔也会用非人类的可爱世界带你享受浪漫欢乐，
在这些爱情的游戏中，你找到了自己认知的"爱之谜底"吗？

全新上市的《小妮子文集》III，让你找到属于自己的那份『爱之谜底』！

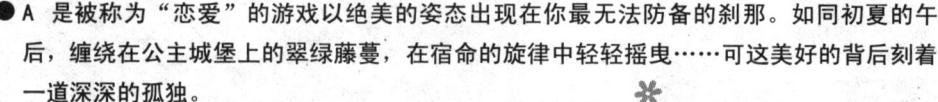

爱是什么？

- A 是被称为"恋爱"的游戏以绝美的姿态出现在你最无法防备的刹那。如同初夏的午后，缠绕在公主城堡上的翠绿藤蔓，在宿命的旋律中轻轻摇曳……可这美好的背后刻着一道深深的孤独。
- B 是无论曾经带给你多大的伤痛，可是，对于爱的记忆仍是最珍贵的礼物！
- C 是魔力满溢的十二点，在湖泊与泉水的交界处，找到那朵怒放在新月里的野玫瑰，你便会得到挽回情人的心的神秘密码。
- D 爱也许并不只是一种情感，而是一种能力，一种改变自然规则的能力，一种化腐朽为神奇的能力，一种变得无私而伟大的能力，一种让人最终获得幸福的能力。
- E ……
- F ……

如果你想寻找属于自己的爱的答案，
如果你想找回爱的青涩记忆，
如果你要漫步在最浪漫的绯色年华……

《小妮子文集》III 书目：

《蔷薇的第七夜》I II III
（与桃子夏合著）

《第九天堂：记忆之卷》

《第九天堂：冢爱之卷》

《第九天堂：冷殇之卷》

《格瑞特妖怪学院·火焰纹章之卷》

《格瑞特妖怪学院·血月银魂之卷》

《第13次我爱你》①②

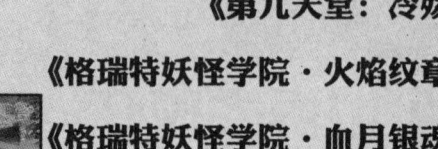

小白夏季

"晚秋"时代已经过去
让我们一起来迎接耀眼的夏天吧!

☆这里虽然没有那些年我们一起追过的女孩,但是有爆发的蜜糖女王!

☆这里虽然没有初恋的那点小事,但是有从熙的少年们!

☆这里虽然没有樱兰高校男公关部,但是这里有兰斯洛特炼金学院!

☆这里虽然没有最耀眼的大明星,但是我们有最无敌的超绯闻星志!

没有我们做不到的,只有你想不到的!
今年的夏季!让我们用最爆笑、最"小白"、最无敌的文字,
燃烧你的生命吧!

《超绯闻星志》　　(逍遥叹)

糟糕,刚刚出道便绯闻缠身。与前辈不合?有后台?就连做个节目都要被莫名地安上当众表白的罪名?还有,去看病都要被当成与医生暧昧不清?
完了,完了,这些已经够让人头痛了,为何天王大人还要出来插一脚呢?
黎华是一个温润如玉、笑如春风,却魅惑众生的天王巨星,为何唯独对一个青涩不已初出茅庐的新人方若绮偏爱有加?
是一见钟情?还是娱乐圈的潜规则?
如果绯闻是娱乐圈的生存之道,那么爱情又是什么?

《爆发吧蜜糖女王》　　(草莓多)

成绩?一级棒!外貌?一级棒!人气?绝对领先!
在无数人的仰视中生活的安柒柒,唯独恋爱总是失意!
月老爷爷是不是睡着了啊?
偏偏身边还有一个自以为很帅的家伙,总是鲜花情书不断!
哼,安柒柒可不是那么容易被比下去的!
期末之前找到男朋友这种事,简直是小菜一碟嘛!
可是,为什么她越来越觉得这个自以为是的家伙很帅呢?
天啊,为什么看到他和别的女生在一起,会气得两眼冒火呢?
这是脑袋进水的症状吗?
不行,不能中了他的美男计!
爆发吧,女王陛下,让所有美少年臣服吧!

《兰斯洛特炼金学院》(松小果)

有没有搞错?她不过是一个为了攒钱而在图书馆里打工的平凡少女而已,莫名其妙地穿越到了炼金世界洛兰之后,竟然成为了传说中的宝物——尼古拉指环的主人?
如果想要回到自己的世界,她必须要收集失落的炼金秘宝,才能打开通往另一个世界的大门。
她到底是有多倒霉啊?幸好,她遇到了脾气温柔的落,如同王子一样的他一定可以帮助她回去吧。不过,为什么那个脾气暴躁的凡·赫尔墨斯却是帮她最多的人呢?而且,按道理她是讨厌凡的吧,可是看到那个家伙的时候,为什么心跳却会不由自主地加快速度……

《从熙的少年们上》　(魔末末)

被爸爸抛弃了?
金从熙从医院回来后,发现自己竟然被"卖身"给了一个像狐狸一样狡猾的"扑克脸"少年——林泰佑!
成为了恶魔的女仆不说,更要饱受他各种精神折磨,但是为了可怜的妹妹,坚强的金从熙是不会放弃的!
有恶魔的地方就有天使,可是为什么像天使一样温柔的裴尚允竟然是林泰佑的死党?难道天使也有不能说的秘密?
命运的齿轮在天使和恶魔少年中开始转动,到底谁才是属于金从熙的专属少年?

《从熙的少年们下》　(魔末末)

爸爸回来了!
那个跪在林泰佑面前认罪的男人真的是爸爸?那个恶魔少年林泰佑的眼泪值得相信吗?到底谁才是被伤害的那个人?
金从熙的世界彻底被颠覆!
蛰伏在真相下的阴谋;被刻意遗忘的童年;记忆中的天使少年……要怎样才能救赎那个被关在回忆里的林泰佑?
金从熙的选择已尘埃落定,从熙的专属少年时代来临!

主旋律美少女作者，2012再度崛起人气传奇

艾可乐

《拜见死神大人》

如果你想要体验死神的生活，你一定要满足以下几个条件。条件一，你要死掉；条件二，你的死亡时间还没到；条件三，你身边有一个有洁癖、恐高症、密闭空间恐惧症、密集恐惧症、深海恐惧症等一系列病症的搭档。当你满足了以上三个条件，恭喜你，你成为了我们的代理死神。你的第一个任务就是……背着你的搭档回家吧！他昏倒了……

这些有魔力的爱情故事，藏着浪漫、执著！

《潘多拉的骑士们之时之女王》

他是最特殊的人类，木王一。她是可以改变时间的超能力者，潘多拉。
传说中潘多拉打开了盒子，将灾难播散给人类，而这一次，她打开的是潘多拉的盒子，还是他的心？
无法隐瞒自己想法的木王一和背负着秘密的潘多拉，明明是相互讨厌的两个人，为什么，在那些激烈的吵闹中，他和她的感情却渐渐开始转变？
在世界末日即将到来的情况下，他和她，真的可以得到自己的幸福吗？

这些有光芒的神奇传说，藏着梦想、快乐！

《魔女不是猫》

尽管还是个菜鸟魔女，桃丽丝却绝对不会放过那个叫做灰岛幸运的男生！欺负了魔女的朋友，就要有遭受报复的心理准备！可是，明明是为了那个讨厌鬼准备的诅咒魔法，最后却落在桃丽丝自己身上？菜鸟魔女桃丽丝就这样变成了一只黑色的……猫？而这只黑猫，还跟那个讨厌鬼最喜欢的宠物猫一摸一样！
呜呜呜，她为什么会这么倒霉啊！为了解除诅咒，她不得不以宠物猫的身份潜入讨厌鬼灰岛幸运的家，她也因此，而见到了高傲又冷漠的他不为人知的另一面……
怎么办，她，她好像，没有那么讨厌他了，这种心跳的感觉，究竟是怎么回事？

这些有光芒的欢快爆笑，藏着幸福、单纯！

最迅猛的恋爱节拍，最强劲的情敌挑战——
继"哟"系列之后，艾可乐人气大变身！
她，就是你唯一的爱情守护师。

幸福像是满天散落的星辰，在蒙尘的世间闪耀着微弱的光芒。
你准备好足够的勇气将零星的碎片全部拾起，拼凑成属于自己的幸福了吗？

《一亿颗星星的距离》　奈奈 著

他的童年如同阳光晒不到的角落，没有拥有更不曾期望获得；她的世界如同明亮温暖铺就，永远随心所欲，不曾体会失去的难过。

13岁的他成为了她家的养子，从此小心翼翼，因为身份境遇的不同，她的喜欢让他如同背负着最沉重的壳，既渴望其中的丝丝甘甜，又不敢有任何僭越。一次意外让他们的秘密暴露在父母横加阻拦的现实下，却因此让他决定义无反顾地冲破桎梏和她在一起。

然而，他们在最相爱的日子里分开，如同花朵开到极致走向凋零……

《爱在紫微星》　奈奈 著

积攒了五年的恨，在看到那个飞扬跋扈的身影时，瞬间灰飞烟灭；封存了五年的爱，在看到那双幽深的眼眸时，刹那间沦陷。当真心表露，是恨比爱更深刻持久，还是爱比恨更绵长坚定？

传说，距离地球约四百光年的紫微星，每隔二万五千八百年循环一次，然后再隔二万五千八百年回到原本的位置。

而我，也会重新回到你的身边，因为你在这里。

《跟上我的星光殿下》　莎乐美 著

世界上最悲惨的事情是什么？吃错药？上错车？
不！不！不！最悲惨的事是，走错了考场！
安希诺就是这只糊涂虫！
明明填写的是华庭学院，却收到了奉岚学院的通知书，这里面到底有什么猫腻？
更糟糕的是，她还误打误撞地参加了奉岚学院的入学考试，并得到了直接PASS卡？
得到"特殊待遇"的安希诺不但被众人排挤，还被星光熠熠的王子殿下当成怪物？
哼！要让轻视自己的人全部傻眼！
音乐才女安希诺全面爆发，与星光殿下的蜜恋追逐战即将开始，下一颗闪耀的明星就是你！

就让满天繁星给你勇气，成全亲密爱人的幸福！

爱在咫尺·星在天涯

魅丽优品唯爱作者 奈奈、夏雪缘、莎乐美 携手打造『星系列』小说

《消失的海蓝星》　　夏雪缘 著

她是被抛弃在孤儿院的真命天女，为寻找家人勇往直前。
他是含着金汤匙长大的财团少爷，人人羡慕的完美王子。
一场车祸，他因她而失去了挚爱，从此，他将所有罪责都加诸在她的身上，处处刁难，不遗余力。而她奋起反抗。一次次的交战和反击将两人紧紧联系在了一起。
一枚海蓝之星，引出一段错位人生。二十年前的偷龙转凤，二十年后的爱恨纠葛，如今该何去何从？

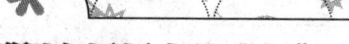

《刻在星星上的我们》　　夏雪缘 著

一场复杂的误会，一次没有任何解释的离散，一个慢慢退出生命的人。
珍彩在演艺圈跌跌撞撞只为找到佑贤，询问当年分手的原因。
她曾以为一切都只是不爱的理由，但越是靠近，越发现真相让人无奈。让人无奈。
爱情有时候不是互相爱着就能够一直走到永远。
那些说过的誓言，那些对着流星许过的心愿，要有多强烈的爱，要有多大的勇气才能够实现呢？

《幸福是零星的星》　　夏雪缘 著

纠葛，从依梵见到唐岚的第一面开始就没有停止过。幸福像是满天散落的星辰，在蒙尘的世间闪耀着微弱的光芒。
她心中的矛盾与秘密，他不懈的付出与坚守，是不是能够把散落的星辰一一收集，拼凑成幸福的模样？
爱情的路注定曲折漫长，注定有那么多的伤痛跟随……她和他要怎样才能越过千难万阻共同抵达幸福的彼岸？他们要有多勇敢才能将幸福的星光紧握在手中？